關人詭事・靈娛檔案

目錄

詩 _ 藝人經理人

造造 _ 藝人經理人

Kawaii_ 活動宣傳公關

倫 _ 韓娛活動宣傳公關

TraC_ 活動宣傳公關

Will_ 活動宣傳公關

Winnie To_ 前電台公關

Ming Chai_ 唱片公司宣傳公關

富麗 _ 前唱片宣傳公關

Irene_ 藝人宣傳公關

後記

作者序言

從小，我對靈異之説都有個大膽的想法，就是「究竟世上真的有鬼嗎？」又或者「鬼，是否在世的人為得到安慰而編出來的大話？」如是者的推斷，不停 Loop 不停 Loop。沒有鬼，那即是亦沒有神？我從沒有否認，但亦不肯定，因為沒有人可以百份百給我一個肯定的答案和証明。學識可以從書裡尋求，從學習中增值，但尋求「靈異」答案，真心終極迷思，往往人就是好奇心寶寶，越尋求不到的答案就越想追求，而「寧可信其有」就成為靈異解謎者的御用術語。

人大了，我理解為何老人從來不怕黑不怕鬼，當人看化世情，鬼又有什麼好怕？我與靈異距離最近的一次，莫過於家中三家姐多年前在深水埗住所親眼見鬼，最後要勞煩師傅上樓「做嘢」。如果是發生在朋友身上，我會覺得他是吹水居多，但當年主角是我家姐，我是半個目擊者，看到她當時真的「有啲唔妥」，從此，至少相信世上有另一個空間，有另一個維度的「人」在生活著。幾年前，和她去韓國旅行，她在酒店又再次「領嘢」，在回程的飛機上，她才如實告之。

有時我都會反問自己，為什麼對這方面有那麼大的好奇心？人總希望離開肉身之後，並非人死如燈滅，應該會去下個 Step，至於下個 Step 是何處？我真的不知道，我都想知！其實，我「希望」、「相信」有 Step 制，既然有 Step 亦即是有機制，那麼因果論就説得通了，因為我極期望人要為自己做過的事負責，理你生前定死後，沒理由一切歸零，就算重新洗牌都要你

償還才算合理。

　　自畢業後，我基乎未做過其他工種就投身傳媒，一做就做了廿幾年娛樂記者，接觸藝人多，同時認識藝人身邊的助手、公關、經理人亦多。有時無無聊聊，他們就會分享某次某次工作遇到的古怪事，據知呢行特別吸引靈體，因為它們都會好奇都會八卦。聽聽埋埋，腦裡儲了很多他們的所見所聞，成全了《關人詭事•靈娛檔案》的誕生，一共合輯了 14 個現役或者已轉行的娛樂宣傳公關、助手甚至經理人的「靈聞異事」，總有一隻鬼古喺左近。

　　在此感謝這 14 位宣傳公關好友，將自己親身經歷或聽回來的故事，毫無保留地如實告訴我，愛你們！

歐陽有男
2024 年 6 月

人物：

Ben

_資深娛樂宣傳人員

001 手印

001 001 001

地點：馬來西亞雲頂高原酒店

曾經聽過一件發生在雲頂高原某酒店的怪事……

遊樂場傳來的叫聲

相信雲頂令人聯想到靈異之事，其中一個原因是酒店是位於山頂地帶，濕氣極高，長期霧氣瀰漫，有種陰深重重和「Silent Hill」的詭異感覺。這件事發生在去當地公幹的某位工作人員身上的。

話說一晚他工作完畢回酒店休息，當睡至深夜時份，隱約聽到窗外有些人聲，叫聲看似很開心，由於聲音微細，工作人員不以為意，以為只是街上傳來的行人玩樂聲，所以沒有理會太多便繼續入睡。後來，他聽聞離酒店不遠有個遊樂場，每當晚上關門後，仍會聽到場內有人在玩機動遊戲的歡笑聲，忽然令他聯想起當晚深夜聽到外面傳來的笑聲，背後開始發涼……

窗外怪異手印

另外，還有一件事覺得奇怪，工作人員早上醒來時，看見窗外被煙霧包圍（因酒店在山頂、長期有霧水）。當他打開房間窗口之際，發現玻璃上離奇地竟然出現一個手掌印，但這個掌印卻是從外面按下去的。他當時住在酒店的高層，試問手印是誰按下的呢？他百思不得其解，越想越感到不妥，覺得很邪門，最後他主動向大堂酒店人員要求換房。

馬來西亞經典啃頭傳說

有一對年輕夫婦到雲頂旅遊，順道去酒店的賭場碰碰運氣，起初運氣頗佳，後來到午夜，運勢每況愈下，最後連入住酒店的錢都沒了，只好硬著頭皮開車下山回家。沒想到車子駛至中途，車子突然沒油，進退兩難，丈夫決定下車找救兵，當時丈夫對妻子說了句：「千萬不要下車」後，就往山下方向離去，妻子就這樣等到睡著了。不知過了多久，她聽見車輛從遠處駛來的聲音，奇怪在每次車輛經過她的車旁，都會加速離去。妻子等不到丈夫回來，越來越感到不安，就在此時，一輛警車駛至，警方要求車內的妻子以最快速度下車，並跑到警車停泊處，警方更吩咐妻子：「千萬不要回頭」。

妻子聽從警方指示，但最終抵受不住好奇心回頭一看，她看到車頂上坐著一個女子，張開大口吃著一個人頭，妻子被這個可怕的畫面嚇呆了。事件還有下回，之後警方回到公路上，發現丈夫的屍體，不過人頭不見了。

雖然這個女鬼啃頭的都市傳說 (hantukarak) 距今久遠，孰真孰假已無從稽考，但事件當年確實在當地報紙刊登過。現在，就算問當地人這個傳說，肯定無人不知。但事件也有另一版本，乃地點並非發生在雲頂高原，而是發生在吉隆玻的加叻大道 (Karak Highway) 上。

002 鬼私語

地點：黃埔某音樂唱片公司

這是一位相熟的行家朋友告訴我，他當年在這間唱片公司辦公室的經歷，直至現在，依然無法解釋是怎麼一回事？從他口中描述當時情景，作為經常要晚上返 Office 工作的我，想起的確有點心寒！

房內有人耳語細聲説

以下我會以 SB 作為這間唱片公司的簡化名字。當年這間公司位於黃埔海濱廣場某高層，由於地段好，一整層是可以完全眺望風景，室內光明，根本沒有人會聯想到有這回事。

講入正題，唱片娛樂這行業正常在星期六及日，如無必要都不用回公司。話説有位行家需要回公司取一些重要東西，然後再出去工作。當晚，他返到公司，漆黑一片的辦公室，大概就只有他一個人，由於回來都只是取東西而已，就算環境昏暗，靠著外面的光線，仍然可以慢慢地走到自己位子。當他回到自己的座位，開了枱頭的輔助燈，準備找東西之際，他隱約聽到其中一間上司的房間有人聲，像在私私細語般。他心裡想「辦公室一到星期六、日通常有人，尤其夜晚」，但又感到不對勁，房內根本沒有開燈的，同時房間是磨砂玻璃，縱使外面看不清楚，除了他之前聽到的人聲，整個辦公室是一片死寂的，他百思不得其解，「難道老細返來了？」他聽到房內的確有人在説話，但又完全聽不到對方在講什麼。

細思極恐

人，往往就是這樣，當遇到一些解釋不到的事情，就會偏向靈異方向幻想，為了截斷自己胡亂猜測，他取了東西之後，用極快的步速，頭也不回地離開了公司。

究竟當晚他聽到的是什麼聲音？無法得知。他事後都沒有跟上司說當晚發生的事。究竟是上司沒有關掉房內的電腦，那說話的聲音其實來自正在播放著的電台廣播，所以導致他虛驚一場？抑或他真的聽到⋯⋯

細思極恐，會換來很大的後果，有時太尋根究底找答案，未必好事，說到底還要每日在這裡工作。

003 電視

地點：馬來西亞雲頂酒店

大概做娛樂宣傳公關，跟藝人出埠登台或者宣傳乃例行公事，在所難免。早年，馬來西亞雲頂，是歌手及藝人最熱門登台的地方之一。無可否認，大家當聽到「雲頂」二字，自不然渾身雞皮疙瘩，畢竟從這個地方聽過太多駭人傳聞，彷彿跟「撞鬼」已經劃上等號。十幾廿年前，從另一個宣人傳人員口中聽過一個有關雲頂的靈異經歷，幻想如果發生在自己身上，肯定會嚇死！

當年很多藝人在雲頂登台，為了方便路程和節省時間，往往都租住在登台的所屬酒店裡，話說跟隨藝人同行的那位工作人員所住的酒店房，與一般房間無異，睡床對面擺放著一部電視，當時工作人員把行李放下，安頓好之後，便聯同工作團隊出外晚膳。

誰移動了我的電視

用膳完畢，各人返回房間休息，那位工作人員步入房間，立刻感到異常驚嚇，因為他看到一個很不尋常的景象，就是電視的螢光幕竟然變成面向牆壁，兼且電視是開著的。試想想十幾廿年前，很多電視仍然是「大牛龜」(即又大又重的超舊款)，而房間又沒有任何被搞亂的跡象，哪會有人這樣無聊，入房只弄惡作劇，移動一部大型電視，將螢光幕面向牆壁呢？況且這個高難度動作，至少也需要動用兩個人的力量，惡作劇豈要大費周章？如果假設是酒店職員的所為，他們的動機又是什麼？更何況他離開前，

在房外掛上「請勿騷擾」的指示牌，於是為了解開心中的疑惑，便打內線至大堂服務部，詢問有沒有職員曾經入房整理。那當然，答案是沒有，這位工作人員心中一寒，最後即時要求換房了事。

　　當然，事件沒有一個真正答案，就當有人跟你開玩笑吧！有些事情，你知我知就算，太過尋根究底反而令自己越想越不安。

004 廁格

地點：新城電台、商業電台、清水灣電視城

我的工作和大部份從事藝能界公關無異，總經常遊走各大電台及電視台，派歌上台或者帶藝人去宣傳，接觸得多自然從行內人聽回來的靈異事亦都多。做這行聽得最多的靈異事，當然離不開電視或者電台，而且每個故事都被傳得繪形繪聲。不過，本人直到目前為止，好幸運地從未見過（最好唔好見）。

被封印的玻璃窗

　　先講新城電台，大概年輕一代未必知道新城舊址在哪裡？ 90、00 年代的新城是在黃埔新天地商場那邊，而現在則遷移至船的地庫位置。說回以前新城電台的其中一個賣點，直播室與商場走廊之間設有玻璃窗，遊人可以從外面看到主持人直播節目，而直播室亦面向商場內開設的大型溜冰場。當年，最引人入勝之處，乃溜冰的人可以透過玻璃望到直播室內的 DJ 的一舉一動，完全的透明度，活像打碟節目真人騷。

　　這個靈異傳聞，就是關於這個能直接望到直播室的溜冰場。話說晚上關門後的商場，就只剩下電台繼續運作，換句話說，關門後的整個商場只有電台的零碎光線……我聽聞當凌晨節目的夜班 DJ，曾經見過玻璃外面，竟然有人行過，甚至呆納地企在玻璃面前，但容貌是模糊不清的。有見及此，後來電台為了平息傳聞，最後在玻璃上安裝了一扇窗簾，當到了深夜時份把它拉下來，至少減低夜班同事的不安。

哪裡來的叫聲？

另外，我亦聽過一個有關商台深夜節目的靈異傳聞，據說有位 DJ 在播放廣播劇期間，突然聽到當中出現了一把疑似女人的怪叫聲，但卻聽不懂「她」在說什麼，DJ 感覺怪怪的，於是當完成節目之後，他再次翻聽這段廣播劇，已經聽不到女人的怪叫聲了。

我聽過很多關於電台的靈異故事，通常都是在夜間節目裡發生，這個來自港台的靈異傳聞亦不例外。據說某 DJ 在播歌途中聽到耳機入面發出怪聲，而 DJ 通常會戴上耳機做節目，在百思不得其解之下，唯有硬著頭皮繼續做節目，這個究竟是技術上出錯還是什麼原因，就不得而知了！

傳説中的最後一格

至於電視台方面，前舊 TVB 片場傳聞最多。話說電視台仍未搬入將軍澳之前，是位於西貢清水灣地帶，當年分別有新舊兩個 Canteen，最多聽聞則來自舊 Canteen 隔離的洗手間。據說沒人敢去這個洗手間，不知是位置太隔涉的關係？抑或真的有「污糟嘢」？甚少人會選用這個洗水間，就算人有三急都好，寧願跑到老遠的洗手間「解決」。

當年，在清水灣電視城內的人，都會聽過這個都市傳說：去舊 Canteen 盡量避免去這處的洗手間，「沒什麼必要，最好就不要入去啦」。事隔久遠，我已經記不起是男還是女洗手間了。怪事頻頻，而傳得最靈異就算要去這個洗手間都好，千萬不要選擇最後一格，亦曾經有人試過完廁後，像有人用力擋著，令你開不到門的感覺，叫天不應叫地不聞，只能打電話向外面的人打救。若當時困獸鬥在廁格裡，加上密不透光和陰暗光線，其實都好恐佈。

清水灣電視城

　　1988 年，TVB 由位於九龍廣播道遷往清水灣電視城，又名 TV City，成為 TVB 第二代總部。直至 2003 年，電視台再度搬遷，移至地域更大的將軍澳電視城，直到現在，成為第三代總部。至於舊有的清水灣電視城，多年來處於廢墟狀態，成為不少靈探或尋古人士尋優探秘的熱門地方。2015 年，其邵氏片場被列為香港一級歷史建築，電視城地皮由復星國際全資附屬公司 Clear Water Bay Land Company Limited 全資擁有。

人物：

Florence

_前藝人助手

005

005 怪夢

005

地點：澳門路氹酒店

幾年前，有幸跟隨某天后級女歌手工作，經常遊走中港台澳幾個地方開騷，這是我首次，也希望是唯一一次（希望冇下次），有驚恐及疑似撞鬼的感覺！

比「被鬼壓」更可怕

基於我是天主教徒，每次出埠工作，我都有個習慣，會把一串唸珠放在背包裡。但有次，因為換了新手袋的原故，我將那串唸珠遺留了在家，當發現忘記帶珠鍊已經太遲，因為我已經在船上。我要在澳門逗留三天，首晚是踩台 Rehersal，第二晚是正式開騷。以往去外地工幹，我都是習慣一個人住酒店，其實與人同房都沒所謂，畢竟工作由朝到晚，基本上也很少時間會留在酒店，而今次，卻被安排和髮型師助手住一間房。

工作的第一個晚上，我們綵排到深夜，所以回到酒店房都已經是凌晨一、兩點的事，工作人員亦陸陸續續返房休息。當我早上需要工作，我是會催促自己早瞓的人，於是一輪梳洗之後，便立刻上床抱頭大睡，為明天的工作養精蓄銳。至於跟我同房的髮型師助手呢？則在另一張床玩電話。不知過了多久，我開始入睡，並發起夢來，而夢中的場景，都是這間房內。夢中的我也是睡在同一張床上，但整間房的感覺比較光亮。而那刻我感覺到在我的頭頂，似有個以 90 度安坐模式的人壓在我臉上，那種快令人窒息的感覺，以及傳來的體溫很實在，再加上我睜開眼，朦朧中確看到一團黑

影貼近我，令當時的我覺得不似在做夢，感覺真實得可怕。

被阻止唸經

　　雖然沒有唸珠傍身，但每當我遇到一些不安、不對勁的時候，我內心都會唸起天主經來。由於這刻在半夢半醒的狀態，我起初唸起中文天主經，後來又改唸我最熟的英文，但不知怎的，今趟我竟然連一半都唸不到，唸到中段更突然斷片。停了⋯⋯又再唸⋯⋯再停又再唸，像有種無形阻力

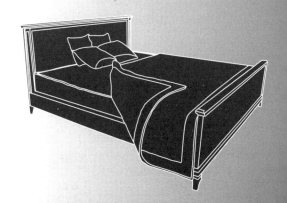

令我唸不下去，「嗯～嗯～嗯～」同時，我彷彿聽到自己在發出怪叫的聲音啊！

這刻，我嘗試望向左邊床的髮型師助手求救，太好了，她還在玩手機，我多渴望她留意我，但可惜，她似乎沒有留意我有異樣，這個不受控的狀態與我糾纏了數十分鐘，最後，我身心疲累，在胡裡胡塗的景況下睡著了。

早上，我起床，睡在隔離床位的髮型師助手對我說：「若果你身體不適或者睡不著，你可以告訴我啊！」當時直覺告訴我，昨晚我的狀態應該是有點異常的，或多或少都影響到她，我於是問：「那麼昨晚你聽到什麼？你可以告訴我嗎？」她想了一會，說：「umm……都不是太大問題，或許你只是發開口夢而已……」之後，我再追問她，我是否出現了些怪異行為？如果如我所言，即管坦白告訴我，因為我真的很想知昨晚我究竟發生了什麼事。

雖然我一直說服自己只是發夢（當安慰自己），但又覺得感覺很真實。「你昨晚睡覺的時候，突然怪叫，但感覺似像跟人說話，喃喃自語，不過聲音很不像你。」我跟她解釋昨晚我不受控制，身體完全動彈不得，任憑我用力去叫喚她，都力不從心。她聽了之後，沒有太大的反應，輕輕安慰我會幫我祈禱云云，我告訴她：「我當時都有祈禱的……奇怪在我總是記不起整段經文。」坦白說，我從小已經唸背這段經文，基本上好難會唸錯，髮型師助手聽我這麼一說，便告訴我昨晚她準備入睡時，亦同樣有類此的

情況出現，她有種奇怪的感覺，由於她是基督徒，所以同樣都是唸經來自保，但她唸至中段卻忘記了。我心想，如果因為忘記經文也還好，但我是不知原因總是唸不下去的感覺不是更可怕嗎？原來，我們昨晚同樣都有不安的預感，只是自我安慰是太累為理由，盡量將事情合理化。

衣櫃裡的不速之客

我們的「開騷」作戰日正式開始，當我梳洗完畢，便立即跑到鄰房找這位歌手，為她準備打點一切。我跟她說了昨晚的「經歷」，然後她說以往亦有類似的經歷，若果太過感覺不良好，就不要勉強自己，一定要提出換房的要求。經她這麼一說，在場的所有人都點頭，然後各人又埋首繼續做自己工作。

當晚正式「開騷」，我們對整個演出都很滿意，騷後亦有例牌的慶功宴，但髮型師忽然跟我說，她有事要立刻趕回香港，並帶同助手一起離開。換句話說，晚上原本二人的房間，就只有我獨個兒留守。幸好，我算好彩，當晚我有一位朋友來了澳門睇騷，順道來探我，我打蛇隨棍上，提議她不如來和我住一晚，有她來陪我壯膽，我會安心一點。

我這個朋友，是滿身戴滿佛牌的人，略有霸氣，只要她肯來陪我，我估計我會睡得比前一晚好，畢竟昨晚，我不知那是真實還是夢的經歷太恐佈了。

工作總算大功告成,又再回到酒店休息,當入到房,我發現走廊衣櫃的門半開合。首先我想說,我住酒店向來都有個小習慣,除了洗手間燈光之外,我會把所有能關上的門或燈都盡量緊閉好。當時我望向那衣櫃,「衣櫃未關好?」我不以為意,朋友安慰我沒什麼大問題。我覺得尚算好運,當晚睡得出奇的好。

來到早上,我覺得我終於可鬆一口氣了,亦以為事情告一段落……

誰叫的餐單

以為事件沒有後續嗎?返到香港,我們如常工作。隔日,我收到同事的Message,「你這兩、三天,是否在酒店房叫了餐?」以往,我會有叫餐上房的習慣,但這次,沒有吃過一餐在房叫的餐呢,而跟我同住了一晚的髮型師助手,她是在外跟朋友吃的,亦有帶外賣回來,於是我再 Double Check 帳單,我發現結帳總共七百多元。究竟誰吃了這餐?雖然我們都認為事情的確充滿疑團,由於找不到答案,事情最後只好不了了之。

事隔不到一天,突然收到髮型師來電,「你知不知道開騷後,當晚我為何走得那麼急?同時,你是否感到酒店有點怪異?助手同事告訴我,你在睡覺時有點不妥。」於是我將第一晚發生的事告訴她。語畢,髮型師直言,

當晚她立刻離去,是因為鄰房的她入住當晚同樣發生了怪事,「我仲大鑊呀,我 Feel 到有人望著,同時有人坐床邊,當我半瞇眼望望四周,我見到有兩個老人家企在床尾!」

未能解釋的一連串怪事

很多人曾幫我分析當晚「發怪夢」一事,認為可能是我工作過勞,太大壓力之故,但我就覺得這個可能性極低,大抵以往我亦跟過不少演唱會,面對壓力已習以為常。

其實在往後日子,這件事也成為我們同事之間的閒聊話題。我認為這個 Trip,應該不止我和髮型師遇到怪事,其他人都應該覺得有點不妥吧,例如台灣的 Management 同事,雖然沒有遇到怪事,但他說酒店令他住得不太自在。現在回想,接二連三的怪事,如惡夢、衣櫃門半開、叫外賣事件等等,都顯得很不尋常,再加上髮型師真的見到老人靈體,更令我覺得種種事情並非巧合那麼簡單。

這間位於澳門,擁有全澳門最大賭場的豪華酒店,不少行內人也聽聞過它的怪事。你又住過未?

人物：

Iris

_活動宣傳公關

006 背後靈

006 006

地點／清水灣片廠、台灣仁愛路一棟舊樓

我有兩件事可以和讀者分享，先說清水灣片廠的，是在不久前發生……

被錄下的嬰兒叫聲

早前，我去清水灣片廠跟進一場拍攝工作，這裡的設施同儀器都很古舊。眾所周知，這間片廠最出名是什麼？是「歷史悠久」。拍攝時，我們都會趁休息時間，爭取機會，安排記者朋友和藝人做訪問，藉此盡量得到更多的宣傳及見報率。這次，我們竟然錄到訪問片段裡，聽到 bb 仔喊聲，而另一段片，則聽到有電視機聲，但當日，沒有電視機，更加沒有 bb 仔在場，究竟這些聲音來自哪個空間？不得而知！

另一個難以解釋事件，是當年我入行做記者時的經歷，由於是我親身感受，所以過了若干年，仍然令我留下深刻的印象。

荒廢的桌球室

當年收到一個小道消息，一對已分開的男女藝人，將準備在外地秘密會面。據知女主角去台灣工作，於是我被委派到當地「伏」他們，做所謂的狗仔隊，偷拍他們會否舊情復熾、在外地幽會等等。

是次，除了我，隨行還有另一個男攝記，負責做這次「等」獵物的工作。

我知道女藝人入住當地的財神酒店，於是我們便二話不説跑到對面的大廈「伏」他們。由於事件發生太過久遠，我已忘記了這棟大廈的名稱，只記得當時樓下夜店林立，非常熱鬧。我們走到大廈天台，一心從高處望向對面酒店，便可一目了然這對男女的一舉一動。

我還記得當日天氣有點涼，且下著微微細雨，我們乘電梯到達這棟大廈差不多頂層位置，當我們一出電梯，見到的是一個已經荒廢很久的桌球室，而我們就需要再步行一層樓梯才能到達天台。

行走中的紅燈籠

上到天台，我們見到一些很殘舊的鐵皮屋，明顯已經很久沒人居住，沒有燈光之下，昏暗的環境就只能夠靠街外的燈光照明。當時，我就叫負責影相的攝影師找個偷影的有利位置，瞄準對面的酒店房間預備拍攝，而我則企在後面「睇水」，留意四周有沒有突發事情發生。當刻企在後面的我，有股無形的壓力，經常感到有人在監視我們似的。

我估計在這裡逗留了五至十分鐘左右，因為基於感覺不太良好，再加上下著毛毛細雨，我們決定收隊離開現場。當我們走到原先桌球室的那一層時，我真心感覺到有人跟著及望著我們，直到我們到達電梯位，我忍耐不著回望有窗的位置，希望爭取最後機會，看看對面的酒店房間，而我的

攝影師同事，則瞄向那個荒廢已久的桌球室。突然，他表情變得很慌張，並說：「行啦，走走走……」邊說邊催促我盡快離開。我留意他當時的神色很難看，我亦知道事情不妙。

　　當電梯門一開，我忍不著問：「發生什麼事？」但他竟然默不作聲，直至到達地面，在仁愛路大街一支箭的向前衝，跑呀跑……我拼命跟著他跑了好一陣子，他才減慢腳步對我說，當我們離開，在等電梯的時候，他望著桌球室的方向，看到一個紅燈籠和綠色的光在行路。

人物：

Jody

_前藝人助手

007
床頭燈

地點：馬來西亞雲頂酒店

那些年，星馬一帶是香港藝人經常去登台的熱門之地。一年我總會派去工作三、四次。某次的經歷，雖然沒有真正見到靈體，但我和同行的藝人都感到有點邪門。

五人夜話

某年，我帶同霆鋒、千嬅、Eason、Joey 等歌手到馬來西亞雲頂登台，當到達酒店，我便分配房間，Eason 安排住在四樓，而我們各人則住在三樓。各人紛紛入房安頓好自己的行李，直到下午，傳來 Eason 打內線過來，說晚上想到三樓和我們同房，由於酒店給我們的房都幾大，床的 Size 足夠睡兩至三人，Eason 於是把帶來的背包及行李通通搬到我們的房間。

過了不久，房內的床頭燈在閃動，我們最初不以為意，亦不想自己嚇自己，惟有若無其事繼續閒聊，殊不知一而再再而三，燈光的怪異閃動越來越顯得不尋常。當下，我們先以理性去分析，認為只是電流問題，於是將插在門口的房卡拔走，務求截斷房內所有電源，但非常奇怪，沒插卡的房燈依舊亮著……根本就不合常理。我們你眼望我眼，房內突然變得好寧靜，大家都在細思之際，Eason 突然打破寂靜的氣氛，一邊破口大鬧一邊離開房間。當時也差不多接近黃昏，也是時候準備為演出做綵排，於是我們便離開了房間。

諸多推搪的奇怪職員

當完成綵排工作，我們陸續返酒店休息，於是打內線到酒店大堂，告訴職員房燈故障。到大概晚上九時左右，當酒店職員來到我們房間，他給我的感覺是怪怪的。他企在門外，誅多推搪，遲遲不肯進來，他根本沒有深入了解我們房燈究竟發生什麼事，只建議我們熄總掣再開，又說無法即時處理等理由，堅持要待明天負責早更的電工維修部同事上班才可以幫助我們。

已經深夜了，又不能換房，我和 Eason 惟有期望只是「壞燈」那麼簡單。這時，千嬅從自己房跑過來，說要跟我們一起聊天。當說起燈的問題，慢慢地我們的話題變成講～鬼～古。

被不速之客騷擾

當年，大家都是廿來歲，擁有無窮無盡的活力，哪會感到疲倦。我們幾個人靠在床邊，一直傾談到凌晨三、四點。Eason 選擇躺在梳化上，正當我和千嬅繼續閒聊之際，我們見到已呼呼入睡的 Eason，出現一些怪異舉動，他用手不停在撥動，似是想把前面的東西撥開。

　　早上，我們又要立刻趕到演出場地準備，仍然睡眼惺忪的 Eason 像是沒精打彩，好奇心問追下，他告訴我們，昨晚他睡覺時，有人在旁邊不停搔擾他，所以他本能地用手撥開對方。他邊說邊語帶講笑狀，似暗示我們昨晚作弄他，但我們心知裡明，我們根本什麼也沒做過。

008「人」聲

地點：馬來西亞雲頂酒店

若干年後，「幸運」地我再次入住雲頂這一間酒店！

走廊空無一人

上次，其實直覺告訴我，酒店房是有古怪的，但若果它沒有對我們作太大的驚嚇，我會當我們「諗多咗」算。今次，我又被安排住在三樓（又係）

了呢！當我入房忙於整理行李之際，聽到走廊傳來小孩的奔跑聲，以及一對男女在對話，但他們傾談的聲浪很大，就連房內的我也感到被騷擾，心想，那麼大的聲浪，知不知這會影響別人呢！於是感到煩厭的我立刻開門看過究竟，但說也奇怪，當我一開門，走廊連半個人影都沒有。那刻，我未有聯想到不對勁的事情，於是再次跑回床邊繼續整理我的行裝。

如是者，相同的嘈音又再度出現，這次我變得更加生氣，並加快腳步跑去開門，欲把對方痛罵一頓，殊不知除了我，走廊是空無一人。當時，我理性地分析，其實會不會是鄰房傳來的聲音呢？不甘心的我，很想找出聲音的來源，於是我再次把門關上，然後企在門前，靜待聲音再次出現，我便立刻開門。

詭異的人聲

不知等了多久，再次聽到一對男女在說話，更傳來小孩在跑來跑去的聲音，且聲音越變越大，也越來越近。於是我用最快的速度開門，聲音竟然突然在瞬間靜止了⋯⋯

這個時候，其實我已經意識到剛才的並不是人的聲音，於是我立刻把門關上，裝作若無其事的模樣，故作鎮定繼續整理我的衣物，但心裡一寒，安慰自己當聽錯算了。

009 道別

地點：上海賓館

這個是關於我和霆鋒的經歷！

98 年 12 月，我需要跟霆鋒前往上海拍攝電影《中華英雄》，要在當地逗留一段頗長的時間，電影公司為了慳 Budget，我們被安排入住賓館內的同一間房。幸好，我跟霆鋒住酒店都有個共同習慣，就是必須開著廁所燈睡覺才感到安心。

浴室兩度被反鎖

有一晚，我突然聽到「咯」一聲，似是廁所門鎖上的聲音。當下的我，自然地立刻望向隔離床，看看是否霆鋒入了洗手間呢！但，霆鋒在隔離床已經呼呼入睡。於是我去推開浴室，門竟被反鎖了。為何沒人的浴室竟然無緣無故被反鎖了？我沒有猜想太多，二話不說立刻通知賓館職員前來開門。

其實當晚，浴室總共被「人」反鎖過兩次，都是勞煩職員上來開門的。一連兩次是「巧合」嗎？由於我們需要第二朝一早出外景，所以事件擾攘至凌晨四時許，我們便需要起床梳洗。在大概早上六時左右，突然接到來自香港的長途電話，傳來一個噩耗，公司同事告訴我們，葉老闆的兒子，在數小時前剛剛因酒駕車禍離世了。說起這位兒子，為人友善又沒有架子，和我們份外投契，當我們知道惡耗後，都感到非常傷心難過。

雖然往事已矣，但直到現在，每當我想起當晚發生的「浴室門反鎖」事件，都覺得事情真的是巧合的嗎？難道是一種不好的預示？抑或是他特意前來通知我們，跟我們道別？

⁰¹⁰13 樓

地點：美國五星級酒店

我們當年做唱片宣傳的，很多時都要跟歌手出埠。有次，我帶同霆鋒、Grace 葉佩雯和何嘉莉，前往美國登台。

紅色房間

我們到達當地一間頗出名的酒店，圈內很多藝人登台，都會入住該酒店，而我們入住的 13 樓，設為藝人專屬 VIP 房層。基本上，除了我們公司的宣傳人員，整層都列為嚴禁他人出入，保安非常嚴謹。

這次出埠公幹，何嘉莉與母親同行，當她們一進入房間，聲稱已經有種不安的感覺，為了減低他們的恐懼，於是我們跟她們交換了房間。也難怪她們那麼害怕，因為這間酒店房的牆紙全是鮮紅色，床尾對著一塊很大的全身鏡。試幻想一下，當你一起身，就會望到另一個自己。總言之房間整體氛圍暗沉，有種不想多留一秒的感覺。

有人在說國語

被換房後的我和另一個同事，雖然是雄糾糾的男人，但為求心安，便把隨身帶來的觀音卡放在枱上，但其後怪事依然發生……。當時，滿有好奇的 Grace 跑來跟我們聊天，就在我們閒聊期間，同事聽到有把女人的聲音在講國語，當時房內就只有我們三個，就算說是走廊傳來的聲音，也說

不通，因為全層就只有公司同事入住，又何來會有國語人呢？

我們都認為，這間房應該是有問題的，於是連忙跟同事跑到霆鋒的房裡去，厚著面皮向霆鋒要求三人同房，寧願做擠迫戶，也不想在這房間多留一會。

走廊盡頭的人頭

這件事，原本以為霆鋒最大膽，當初我們告訴他有關我們房的問題，他語帶輕鬆，二話不說主動跟我們返房取行李。回想當日，他是第一位最快衝入房，但當他看到房的「格局」，竟然是最快跑出房的一位。「嘩！」我們都被他的舉動及叫聲嚇呆了。他形容房間就似拍靈異片，亦從未見過那樣詭異的房間，所以「嘩」一聲後，他極速地把我們的行李搬出房。

其實，這次 Grace 也在該層走廊遇到一件怪事，她看見走廊盡頭有人把頭伸出來，而人頭很快又消失了。雖然不能肯定她看到的就是靈體，但換作你是 Grace，也會聯想到不好的東西。當然，我們也希望這個「人頭」只是酒店的職員，不想再細思極恐！

紅色房間的都市傳說

　　其實坊間亦有一個關於「紅色房間」的網絡都市
傳說。紅色房間並非一個實體房間，它是在電腦螢幕
上自動彈出一個紅色窗口，並寫上「Do You Like The
Red Room（你喜歡紅色房間嗎）？」的駭人惡作劇。
螢幕上，佈滿歪曲及凌亂的文字，配以有趣但又令人
不安的恐佈變聲。當你欲把電腦關掉，就會不停彈出
「你喜歡這紅色房間嗎？」出來。之後，螢幕就會出現
一堆過去曾看過「紅色房間」而自殺死去的人的名字。
傳聞這些自殺的人都有個共通點，就是他們被發現時，
因頸上的大動脈被割開，令到大量的血沾滿整個房間，
而當你看到這個紅色窗口，下個受害人就是你了。

人物：

阿詩

_藝人經理人

011 房靈

011 011 011

地點：無錫皇冠假田酒店、馬來西亞五星級酒店

我不是一個對靈體很敏感的人，更何況很多時我會用理性去分析，但如果在我最疲累時擾騷我，縱然是驚的，但佛都有火。

這個故事比較簡單，是發生在我同行的工作人員身上。早前，我跟藝人前往國內無錫做演唱會，住在當地的皇冠假日酒店。有晚，他睡到朦朧之際，感覺有人一直按著電視機開關的聲音，他被這些怪聲驚醒了。他心想明明睡前已經把電視關掉，為何⋯⋯這個時候，電視又再次開了。他半瞇著眼，隱約看到電視出現一個白髮老頭的影像，慢慢地又變了藍色無訊號畫面。縱使怕得要命，但只好故作鎮定，若無其事地落床關掉電視，然後繼續睡覺。

在我四周行了一圈

另一個發生在馬來西亞一間五星級酒店的怪事，是我的親身經歷。話說晚上我有睡前看書的習慣，我亦不喜歡有光，基本上就連少許燈光都不能入睡的人。就當我看完書關掉所有燈，準備躺下入睡之際，有股無形的力量壓著我。當刻我感到有一些東西，爬上了我的床，並且圍著我四周行了一圈。

其實工作了一整日，我已經好累，於是細聲說了一句：「我真係好 X 迯，唔好搞！」靈體，我是怕的，但累比鬼更可怕，最後我已經沒有理會太多，

X 完它之後便一覺睡到天光。不過，為了除去心理陰影，我向來出埠都會帶備聖木旁身。早上醒來後，於是點了一束聖木，當為自己做一個淨身及防護罩。

事後，有朋友問那東西在我身邊行過是什麼感覺？怎樣形容好呢？就似一隻貓突然跳上床，在你身邊踱步一樣，那種感覺，雖然很輕，但非常實在。

去年，我的愛貓走了，我帶了一隻跟牠一樣的公仔一同出 Trip，我就當當時跳上床的小東西是牠吧！

聖木

聖木（Bursera graveolens / Palo Santo），在西班牙語中，有「神聖的木材」的意思。它是一種原產於秘魯、厄瓜多爾和其他南美國家的樹木，是生長在乾燥的熱帶森林裡，其木更會產生一種清新芳香的樹脂味。數千年以來，這種木材、樹脂和油被作醫療用途，主要治療疼痛和壓力，據說還能清除負能量。選擇高品質的聖木，以確保聖木的純淨度，關鍵於有沒有受到化學添加物的污染，所以盡可能揀選天然的聖木，達到最高的淨化效果。

人物：

造造

_藝人經理人

012

失眠

地點：廣州賓館

我一直都沒有陰陽眼，但我總是感受到它們的存在！

為何我會那麼容易招惹靈體，亦關乎我的八字，有相士説過我的八字，多水屬於偏陰。我相信每個人都有一道門，我那道門從小已經開啟，因此很多東西都會在我身邊出出入入，有時我會感到我的背脊很冷⋯⋯

第一次出 Trip 就領嘢

要説人生第一次接觸靈異，應該是在我 16、7 歲的時候，那年我參加亞洲電視舉辦的《肥肥（沈殿霞）繽紛三十年》，這是一個模倣肥姐的娛樂綜藝節目，我們被安排一干人前往廣州登台，並入住一間當地頗出名的賓館。住房方面，我被安排和另一位參加者同房。某天清晨時份，同房姐姐一早已經起床，獨個兒前往大堂吃早餐，房內就只剩下我繼續熟睡。不知過了多久，我意識到有東西壓著床尾，就像有個人坐在床邊一樣。

當年年少無知的我，已意識到事情有點不尋常，越想越怕，動也不敢動，只懂蓋著被子狂唸「喃嘸阿彌陀佛」。或許我向來想像力也太豐富了，那刻的我，腦海不斷浮現很多可怕的畫面，假如我揭開被子的話，會有什麼企在我前面？又或者會有東西用手抓我等等。

救星

當時求助無門，感覺時間過得特別慢，「1、2、3⋯⋯」我腦內不停數著時間，滴達！滴達！幻想著秒針移動的我，突然聽到有人按門鐘的聲音。我想開門，希望是同房姐姐回來，我便得救了；但另一方面，我去開門的話，又怕揭開被子見到恐怖的東西。正當不知所措之際，我聽到門被打開的聲音，原來「救星」是賓館負責清潔的工人嬸嬸進來，我知道我得救了，立刻揭開被子望著她。可能當時我的樣子很驚恐，兼且滿頭大汗，她問我發生事，我放聲大叫「有～鬼～呀！」

我這麼一叫，清潔工人的反應卻是預期的冷靜，她淡淡然說：「我去叫經理來！」然後準備轉身離開，我怕又再次獨自留在房間，於是歇斯底里叫喊，哀求她一定要留下來陪我。她按內線召喚經理到來，我哭求換房，但基於賓館房間已被拍攝團隊租了，餘下的亦被外租，意味著往後幾晚我必須住同一間房。

選擇捱通頂

由於當時我是全個團隊年紀最細的人，所以所有人都特別關顧我，尤其與我同房的姐姐更拍心口保證：「放心，我會待你入睡後才去睡呢！」但最好笑是，住在其他房間的姐姐們，都將自己的紅底褲、護身符、行李等

東西，圍在我的床邊，像是給我一個超強保護網。這幾晚，可能有她們的加持，沒有什麼可怕事情再發生了。

自從這次之後，我對酒店有種無形的恐懼，就算現在，我都是非常害怕單獨住酒店的。長大之後，我做這行出 Trip 的機會很多，在全無辦法之下，我惟有「頂硬上」，選擇挭通頂，睇書、睇手機、睇電視什麼都好直到天光。如果同行的工作夥伴是男的話，我甚至會硬著頭皮要求同房。雖然結果還是睡得不好，但內心有人同房壯膽，也安心一點的呢！

013 屍臭

地點：土瓜灣唐樓

不要以為，長大後的我會變得大膽了，其實我每次遇到靈異事件，都一樣很懼怕。所以，假若每次住酒店，我都會盡量將房內對著床的鏡子，用大毛巾遮蓋，又或者帶備音叉（一種能發出不同波長的純音，用來測試聽力的用具）。有修法的人教我，每次住陌生的地方，建議分別在房的四個角落敲響音叉，所發出的音頻除了把這些「東西」嚇走，亦會增加正能量。我不肯定是否有效用，至少自己會安心一點。

至於另一次的經歷，發生在當年還工作於某唱片公司的時期⋯⋯

屍體呈僵硬狀態

我是住在土瓜灣某棟唐樓，甚至到現在，都仍然住在該棟大廈裡。有晚，放工回家到達住所樓下，見到很多警車停泊，基於八卦心態，從附近街坊口中得知，有個獨居阿伯暴斃在劏房裡。而阿伯所住的劏房，其窗口正正對著我們的客廳。為免不吉利，母親已經把屋內所有窗簾拉上，但唐樓窗與窗之間的距離實在太近，好奇心之下，縱使母親千叮萬囑不要偷望，我仍偷望阿伯的房。由於發生命案，警員已經封鎖現場，而仵工則未見到場，我清楚見到阿伯屍體很不自然地躺在床上，可能已經死了一段時間，其雙手逞現舉起的狀態，明顯身體已經僵硬了。

當時，我並不感到害怕，加上好奇心的驅使，我不時望向阿伯的房間，

如新聞報導員一樣，向母親直擊報告現場實況。事情由晚上七時擾攘到深夜時份，才見黑箱車把屍體運走。坦白說，由於距離出事單位甚近，這也是我人生第一次聞到屍臭味。你要我形容它的氣味？真的很複雜……有點像鹹魚味，又像臭腳味，總之是夾雜幾種難聞的氣味，簡直令人畢生難忘。其實當你聞過這種氣味，以後自不然聞到這種「怪味」就會意識到一定有不尋常的事情發生。

難以磨滅的臭味

為了驅散這股難聞的屍臭味，在場警員特意過來問我們索取了一些香蠋，在屋內四處燃點，瞬間，我看見阿伯房間立刻瀰漫煙霧。當晚，警員如何處理、仵工怎樣搬屍、探員怎樣拍下在場證物等等……整個過程我看得一清二楚。

直到深夜，事情總算告一段落，當警員收隊之後，出事單位變成漆黑一片。我坐在客廳看電視，突然感到我的胃很痛，身體開始發冷。由於當時做唱片公司的關係，經常食無定時，所以偶然也會出現類似情況亦不足為奇。但如是者整個星期我都感到不適，有兩晚甚乎痛到要入急症室。很邪！我去廣華醫院看胃科，醫生好似「鬼揞眼」開錯咳藥水給我。病情當然未見好轉，我不信邪，轉了去伊利莎伯醫院再睇，吃過胃藥的我，身體慢慢好轉過來了。我病了足足一星期，以為久病初癒，回到公司又再次

感到不舒服，同事語重心長跟我說：「你是不是領咗嘢呀？」我如夢初醒，想起一星期前「阿伯」事件，於是我跟母親商量，她表示阿伯出事當晚，巧合地我胃痛又沾寒沾凍，她已經覺得事情有點不妥，因為擔心嚇怕我，所以她當時沒有說出來。

好奇害死貓

　　我的身體狀態一直未如理想，有朋友提議我去「查日腳」，苦無對策之下，於是我跑到住所附近的衣紙鋪，向拜神的姨姨求助。當阿姨揭開通勝一查，她「嘩」一聲，並且翻開了其中一頁，然後示意我自己看。我仍然記得當時通勝上大概的一段經文，令我感到雞皮疙瘩，文字大概表示當晚有些無主孤魂在流離浪蕩，但我因為衰八卦，結果惹上了它，言下之意的遊魂野鬼，正是在寓所內暴斃的阿伯。在「日腳」中，頗詳細描寫了就是這件事，我是衰八卦，花好幾小時去窺探他屋內而觸怒了對方呢！

　　衣紙鋪阿姨教我在最接近屋企的一個十字路口，將祭品燒掉和參拜認錯。當我完成整個儀式，不知是心理作祟還是不得不信邪，我真的好轉過來。阿姨事後勸戒，我的時辰八字很陰，好易招惹靈體，將來若果遇到有人跳樓、吊頸等的意外事件，一定要避之則吉，不要胡亂衝前八卦。自此以後，我便經常提醒自己要小心一點……最好不要那麼八卦。

親眼目睹空中飛人

家裡發生的事,又令我想起另一件曾經發生在屋企大廈門口的可怕事,話說我住的大廈樓下,經常停泊一些插有鐵管的空運貨車。某日,與我同層都是住六樓的一位婆婆跳樓,不幸地,她剛剛跳在兩架貨車之間,她跳樓時和我母親步出大廈門口亦剛巧撞個正著。你也想像到,當時阿婆跳樓所跌下的位置,就是正正大廈門口,這是多麼恐怖的情景。但其後再細想,阿婆差兩步就跌在貨車的鐵管上,預料場面應該會更可怕百倍。

這件事也有個小插曲,話說當時,母親回家木無表情說:「阿婆……跌親呀……」我們於是立刻帶同護理箱下樓,一心幫阿婆包紮,殊不知當跑到大廈大堂,我望到對出不遠處,有個四肢扭曲的人伏在地上,滿地都是血,心想:「阿婆應該不是跌親咁簡單……」,實情阿婆由六樓跳下來,我絕對理解母親因為受驚過度而變得語無倫次。當時跟隨我們後面的爸爸,也被這個場面嚇到,且喝令我們立刻返回大廈裡。這件事,就算距今已經超過三十年,母親依然存有陰影,每次當她行到大廈門口的行人路上,都會加快腳步,避之則吉。

陰魂不散

事情又怎會那麼簡單,阿婆出事後的幾天,晚上時份我如常帶狗散步

(我們有每晚落街放狗的指定動作)，但牠在行樓梯時跟平時有點不同，牠不停嗚咽，看似非常害怕，舉動十分怪異，始終阿婆跳樓都是幾日前的事而已，不知是陰影還是自己嚇自己，我越想越不安。最可怕是狗狗一直朝著出事位置狂吠，當散步完畢折返回家，我怕得要命，不想再經過出事現場，於是坐在公園裡。

當時未有手提電話的年代，我沒法通知母親我的處境，她見我這麼久仍未回家，於是落街四處找我，後來發現我獨坐公園一角，於是我把我的委屈說出來。打後一段日子，每次經過這處，狗狗不知何故都會狂吠，為求心安，我們決定聯同幾戶鄰居，打齋燒衣，算是為阿婆做點事。

什麼是日腳？

查日腳由古代民間流傳至今，是民間傳統方法，問事包括：懷疑撞邪、身體不適、諸事不順等等，透過依據「通勝」內提供的資料，得到啟示和內容，查出問題所在。

014 中醫

地點：灣仔

相信大家都有看過中醫，除了打脈和食中藥，知不知道中醫還可以用來驅鬼？我認識這個中醫有點特別，他會用電來醫人，我和母親都找過他「醫病」。

陰魂附在銅錢內

這個位於灣仔的中醫師，擅長用電治療，也會針灸。在醫治過程中，他會為病人準備一個藥包，內裡放了個銅錢，當每次電療時，他便把藥包放在你的身上，將不好的東西吸出來，那些「東西」，除了是病毒，也可能是依附在身上的靈體。很多人都認為這個醫師只是旁門左道，而最初我的想法也不例外，也對他半信半疑，但我親身見證銅錢的變化，還隱約見到有東西浮現在銅錢上……

當然，並非每次醫師都會斷定病人是「撞到污糟嘢」，有時驗證後証實都只是普通病症而已。每次他看過經治療後的銅錢，是邪是鬼一清二楚。早前，我母親感到不舒服，於是找這位醫師看症，電療九次都沒有問題，我亦以為母親只是身體有少許毛病，當來到第十次電療，銅錢上逐漸出現一些奇怪的面孔，醫師咐吩我們到灣仔某紙紮鋪買香燭及衣包，説是用來「拜鬼」就可以了。

信不信由你

起初滿腦陰謀論的我，以為那間紙紮鋪是跟他相熟的，一定存在利益輸送的關係，但後來我試探過紙紮鋪很多次，店鋪根本並不認識這位醫師。有次，店鋪老細更顯得不耐勞地說：「成日有個醫師叫人來買拜鬼的東西！」那份拜鬼的東西價值也不昂貴，就只是六、七十元左右。醫師教我們在家先拜四角，一邊拜一邊說「有主歸主有廟歸廟，你就跟我這份金銀衣紙走」，然後跑往後街把這些衣紙燒掉。

某日，我突然在玩手機的時候，不經意地發現了一張是我當日燒街衣時無聊拍下來的相片，細心一看，隱約見到相內有些東西，「為何那團火附近出現一個狀似四、五歲的小朋友？」於是我帶同這張照片去找好友 JJ（詹朗林），他表示的確有些東西跟了母親，但他感應到這個小朋友是沒有惡意，大概在燒衣當晚已經離開了。

或許，看到這裡的讀者會問，哪有這麼古怪的中醫師？的確有，世事無奇不有，如果我未見過那個銅錢，可能我都不會相信！假若有日你在灣仔看中醫，對方拿出一塊銅錢來，估計你已遇上他了。

015 奪舍

地點：中醫館、元朗村屋

說起中醫，我的朋友亦有一個關於「奪舍」的可怕遭遇！

我有位從事中醫的女性朋友，她是擁有靈異體質的基督徒，時常看到一些別人看不到的異物。某天，她如常應診，來看診的是一位身形異常瘦削的女生，其同行的家人表示，這女生久病不癒，體重每況愈下，且行為越來越古怪。

蛇女

當這位中醫朋友要求對方伸出脷苔診症時，女生的脷薄如紙，最恐佈的是，她把脷伸出來，長度可以觸及下巴底部，她形容這位女病人形態就如一條蛇，像恐佈片內的蛇女一樣，「天呀……大鑊！」中醫朋友已感覺對方的不尋常，不是有病那麼簡單。「OK，你可以戴回口罩了！」朋友說罷，再為女生打脈，她卻狠狠地瞪大眼望著中醫朋友，令她害怕得只好低著頭，默不作聲，就連手也震起來。

原來，在打脈期間，朋友發現對方的脈搏顯得很不尋常，身體似有兩個「人」的存在？她感覺這個女生根本就不是她本人了，再加上以上行為，她推測對方可能早已被靈體「奪舍」(意解身體被靈體強佔好一段日子，已經失去自己意識)，且「奪舍」情況頗嚴重，估計不是一年半載的事，甚至乎已強佔了好幾年的了。

鬼穴位

雖然中醫朋友當時極度害怕，但基於醫者仁心，希望為這位女生盡早「醫治」，把體內的不速之客驅走。原來，在坊間中醫學說裡，人的身體的而且確有一處名為「鬼穴」(其中一個穴位)，針灸的時候，當刺中這個穴道，靈體就會被迫出來。中醫朋友於是不動聲色為這位女生做針灸，希望把奪舍的靈體趕走，但可惜也不得要領，體內靈體彷彿已經知道她的動機，並堅拒其好意。中醫朋友行動宣佈失敗，如是者每次診治都只能無奈地目送她和家人離開。

話說在醫館裡，有另一位合夥的骨醫朋友，他父親是個老練的捉鬼茅山師傅，他從小就跟父親學法。某日，女中醫再次為這名女生醫治，巧遇這位骨醫，或許靈體感覺到對方亦非等閒之輩，害怕二人會一起對付「它」，當女中醫跟女生預約下次覆診時間，女生突然斜著眼瞪住二人，說：「睇吓點？」然後拂袖而去。

中醫朋友後來和我談論這件事，也覺得這個女生很可憐，聽聞女生在未去朋友的中醫館診治前，經已找過無數的醫生求診，但都醫不好「惡疾」。我問：「當時，有沒有跟她母親談及奪舍事宜？」朋友說女生家人都是基督徒，大概不會相信和接受這個理由吧！但我認為，基督教也有自家驅魔方法，為何不尋求神父幫忙？那我就不得而知了。我曾聽說，有些

人都像這女生一樣被奪舍之後，本身的魂魄大概慢慢被吞噬沒了，睇任何醫生也無法回復正常，日子久了，一世就此癲癲呆呆，醫學上判斷精神失常，最後就只能在青山渡過餘生。

「被」拒絕就醫

我追問究竟這件事還有後續嗎？朋友無奈表示：「她，從此再沒有來過中醫館了，怎幫？」暗示這女生被奪舍太久，整個身體差不多被靈體侵佔，「應該救唔番！」朋友嘆氣說。

很多時候，一個人突然性情大變，舉動怪異，且經常惡疾纏身，正如這個女生，從西醫角度，可能會被判斷為「黐線」，但世上什麼事情也不能從科學得到解釋，至少這件事，我每次想起都極度心寒。

至於這個中醫朋友，亦有另一個關於收養狗狗的靈異經歷⋯⋯

小狗被看上了

早年她領養了我救來的一隻流浪狗，她住在元朗村屋，屋外有私人花園，地方很舒適，我救回來的狗狗被她收養，我當然感到安心。某年，差不多接近農曆七月的一個晚上，牠突然跑到窗前，向著花園某個角落不停搖

尾狂吠，朋友形容當時牠之後的每一晚都做同樣的動作。當時，朋友也曾給我看過她拍下的片段，我感到狗狗的行為很怪，而面對過不少靈異事件的這位朋友，已斷定狗狗應該見到不該見的東西。最可怕的是，她記起住對面的那戶人家早前也曾養了一隻狗，情況跟她的處境一模一樣，最後那戶人的狗在幾日後突然暴斃了。「我覺得那些東西因為看到牠可愛，所以帶走了牠……」朋友認為。

之後一晚，朋友做出很「堅」的行為，就是當狗狗再次向外面狂吠和搖尾之際，她打開窗，然後向空氣大聲叫道：「牠只是隻小朋友而已，唔好再搞佢，唔好再同佢玩，唔好帶走佢！走！」説罷，然後大大力關上窗。自此之後，狗狗沒有再在夜晚出現怪叫和搖尾，信不信由你！

我朋友真心大膽，總算是救了自己狗狗一命。

有些東西，肉眼看不到，但寧可信其有……

奪舍

奪舍，又稱為借屍還魂，意思是靈魂可遷移到另一個已死亡的屍體中，以延續生命。另外，亦有靈體強佔生人身體，使其意識慢慢被靈體吞噬，直至完全失去自己。

016 撞邪

地點：九龍法國醫院

　　自從我外婆走了之後，外公一直獨自過活，直至某年，經朋友介紹之下，外公認識了一位泰國女人，二人迅即打得火熱，外公揚言要跟這個女人去泰國註冊結婚。雖然事態突然，但倘若外公開心，晚來找到一個互相照顧的伴侶，也是一件美事。

突然鬼上身

有日，傳來阿姨的急電，告知我們外公在當地，突然中酒毒，血壓升至180，直至留院第四天，外公甦醒過來，我們都勸他將婚事暫時擱置，盡快回港休息。但固執的他，仍堅持己見，最後在當地匆匆辦理結婚事宜。當年，機場仍然是在九龍城啟德的年代，當外公一落機，家人二話不說便接他前往最近的法國醫院。我非常疼錫外公，於是立刻飛奔趕往醫院找他，但在病房內，我無法找到外公！

突然，離不遠處傳來一個老人的叫喚聲，只是短短四天，我外公竟然瘦如骷髏骨，竟然近在咫尺，我卻連認也認不出他的樣貌來。我的外公，本身不是偏瘦的人，為何短短四天就變成如斯模樣？「你是外公？」我不停問，縱使他肯定地回應我的提問，我依然半信半疑。

佐敦問米阿婆

就這樣，外公在醫院住了廿幾天。在住院期間，他的性情大變，由原本溫順的老人家，變得脾氣暴躁，不停鬧人。試過有晚，我留在病房陪他的時候，他突然跳到床上，然後用最快速度逃走，為免他再次逃跑，我們決定縛著他。有一晚就最離奇，他突然說床上好多雞毛，要我們把它們撤走，又向著某個方位喝令，似叫人不要胡亂奔跑，但當時床上什麼都沒有，更

遑論有人在奔跑？就這樣，外公情況一直未有好轉⋯⋯

　　直覺告訴我們，這個並不是我外公，於是我們一家人跑到位於佐敦寶靈街一棟唐樓，找一位可以問事的老婆婆幫忙。雖然這件事距今久遠，但我仍然印象深刻，因為當時阿婆一開門，整個房間的光線都是來自紅色的神檯燈，氣氛陰暗，「你搵邊個？」阿婆木無表情的樣子，已經印在我的腦海中。我跟隨母親同阿姨進了阿婆的房間，阿婆沉默片刻，然後說：「你家裡走廊盡頭是否放了張女人照片？」而那張相的女主人，正是我外婆，當我們未來得及思考之際，阿婆突然半帶憤怒地說：「我走咗半年，屍骨未寒，你就去搞女人？」又突然，阿婆又轉了音調，說：「我哋都幫不了你，你唔抵幫呀⋯⋯」我們都感覺不對勁，再細聽之下，發現言談舉止很像外婆。原來，不止外婆上了問米阿婆身，就連太婆（外婆母親）也依附在阿婆身上，無論言談及舉動，問米阿婆都像精神分裂一樣，當時我怕得要命，依偎在母親背後，因為情境實在太恐怖了。

陰魂纏身

　　外婆和太婆一同上了問米阿婆身，我還清楚記得，母親分別問兩位「老人家」需要什麼？太婆說想要一個「大哥大電話」（註：90年代初，流行大哥大之稱號），而外婆就要求一個收音機。外婆氣憤續說，因為生外公的氣，所以找了一群靈體纏繞他。然後，問米阿婆又忽然清醒過來：「你外公

在醫院睡覺時，睡姿是否很似一隻蝦米？」我直認不諱，阿婆又說，外婆和一群靈體正在騷擾外公，且不停抓他的腳，所以令到外公雙腿經常抽筋，再加上外公時運低，在泰國同時亦招惹了靈體入侵，令他百病纏身。解鈴還須繫鈴人，那先從外婆著手。問米阿婆建議我們盡快化解靈體對外公的仇怨，吩咐我們燒大哥大和收音機給太婆和外婆，然後要將燒給一眾靈體的溪錢，先在外公身上掃一圈。「外公仍然在醫院留醫，那怎算好？」我反問自己。

我硬著頭皮去醫院，感覺很為難，但或許有些事情就連科學也解釋不到，連院內的護士也深知肚明，默認靈異之事的存在，所以當日我帶同衣紙前來「辦事」，護士都「隻眼開隻眼閉」，只輕輕對我說：「你把門簾拉上吧⋯⋯自己好好處理呢！」於是我依從問米阿婆的吩咐去做，把衣紙在外公身上由頭掃到落腳，然後跑到醫院外的一處偏僻角落，把所有衣紙燒掉。

鎮山之寶驅鬼圖

這件事以外，當時亦發生一件頗怪異的事。話說我家擺放了一張「師傅圖」，那位張姓名招利的老師傅頗出名，可惜他已經仙遊已久，是我曾祖父的祖師爺。據聞他懂得捉鬼，當他離世後，靈魂附在一位畫家身上，然後把自己容貌畫了出來。這張圖，據說有鎮鬼之用，一代傳一代，父親一直把這張自畫像擺放在家。父親靈機一觸，把這張「家存之寶」帶到外公家。

這張畫，有半個人身高，畫中人握著手杖，樣子滿有殺氣，而畫像的下方，則寫滿一些文字。真的很神奇，當我們把畫像擺放在外公家裡，一直舉動古怪的外公慢慢正常起來，頭腦變得清醒。「你知不知你現在究竟在哪？」外公回答：「我在泰國啊！」我們跟他說他現在身處香港的法國醫院，原來由泰國飛回香港入院的廿數天期間，外公對自己所發生的事一點印象都沒有，甚至可以說是完全「斷片」。很明顯，外公是有靈體騷擾。以西醫角度，他是中了酒毒，只能給一些藥物醫治。但當遇上難用科學解釋的情況，我們就採用迷信的方法去解決。結果，外公真的醒過來了。

可怕的女人

事後，我們多番追問外公，那位他愛得死去活來的泰國女人究竟當時帶他去了哪裡？外公告訴我們，她帶他去了她的外家，且飲了她預備好的飲料。當外公出院的十數天後，這位泰國女人竟然失蹤了，我們完全找不到她的下落。後來，我們又發現，當時返港後，她趁外公留院時，曾經翻開在儲物櫃裡的戶口簿，可能看到積蓄只有十幾萬的阿公，原來是個空心老官，有感被人欺騙，於是一怒之下一走了之。過了不久，我們竟收到泰國寄來的一封律師信，這女人控告外公未有盡丈夫的責任，但這封來自泰國的律師信經我們請來的律師核實之後，是一點效力也沒有的，我們也沒多加理會，從此這女人再沒有出現過。

究竟當時她給了什麼酒給外公飲？到現在依然是個謎！究竟救了外公一命的那幅畫，有什麼法力？試過有次，一位師傅來我家看風水，語重心長的說：「你家的風水不太好，你不會有運行，建議你搬屋比較好，但你屋內擺放的這張畫很有殺氣，是好物來的。」而這幅畫，現在都一直保存在家。

張招利鎮鬼圖

　　昭利聖君,又稱招利聖君,南宋紹興十七年農曆五月初六出生於河北,本姓張,字昭利,諱老蒜。

　　昭利聖君忠君愛國,深懂兵法,曾經在岳飛將軍下做事,為岳家軍一員。在岳家軍潰敗後,便到粵東潮州揭陽石埔溪鄉,隱居侍奉母親,由於他通曉陰陽之學,在潮州當地傳授。碰到旱災飢荒時,聖君必定大力救濟,又安葬無人認領的屍骨,被百姓稱為善長,得到潮州百姓的敬重。在南宋快亡國之時,聖君便投江自盡,希望可以犧牲自己來化解百姓眾生之業力。

　　潮州民間傳說聖君死後,得到東嶽大帝的賞識,在正月十九日封他為城隍爺的「攝引使者勾魂管帶」(即黑白無常)。所以聖君神像的扇子上寫著「善惡分明」四字。聖君神像的造型,頭戴道帽,左手持煙斗,右手露出臂膀,拿著一把寫有「善惡分明」四個大字的葵扇。

　　昭利聖君是廣東潮汕地區民間信仰的神明,一般信眾都稱他為張老伯。在香港,以昭利聖君做為主神奉祀的廟宇只有秀茂坪曉光街巴士總站旁的昭利聖君廟,參拜昭利聖君的善信一般都會準備乾煙絲作為祭品。

（相片提供：造造）

017 照片

地點：日本北海道

以往做唱片公關去最多的地方，除了電台或電視台，莫過於出埠拍外景。

門外的女人

某年，我跟隨歌手 Chris 黃凱芹前往日本拍攝節目，我們的目的地是北海道一些山村地方，而居住的民宿比較寧靜簡樸，洗手間亦不設於房內，需要走到走廊尾段的。我向來都害怕出埠，因為害怕住單人房，所以晚上都會失眠，寧願選擇早上留在旅遊車上瞓個覺。

我對同行的 Chris 表示害怕，但他從來對靈異這些東西都沒有太大的恐懼，「昨晚，我在睡得正濃時，房內那道榻榻米的門被推開了，好像看見一個女人企在外面……」當時我聽到他這樣說，好奇一問：「那你驚不驚？」他竟然理直氣壯回我：「有什麼好驚！」我認識的 Chris，是很正能量及充滿份陽光氣色的人，況且他思想很西化，見他輕描淡寫形容出來，作為旁聽的我既羨慕又感到可怕。

升高了的人頭

這個行程拍攝到最後一晚，我們由鄉村返回城市，我們一干人於是在 Shopping Mall 前拍照留念，後來我們開啟數碼相機翻看所拍的群體照，

發現其中一位工作人員身後多了一個人頭，各人都感到邪門，而我們因為還要在酒店留宿多一晚，故此眾人都沒有再討論這個話題，至於向來膽小的我，當然選擇不看這張相片。

或許你會認為，那個陌生的人頭，只是不小心路過被拍下來的路人甲，但當時整個廣場，就只剩下我們一干人，況且企到最後排的那位工作人員，身型很高大，要企在他的後面，基本上都有一定難度。我們不想再深入研究這張相片了，越看會越覺得心寒，最後眾人商議決定把怪相片清除，同時逛了一整晚夜市，避免把不好的東西帶進酒店房呢！

018 不速之客

地點：西貢

　　某年，宣傳樂仔（余文樂）的新歌《生還者》，唱片公司為貼合這首歌的名字，特別安排他聯同一班童軍前往西貢某小島上露營，進行像真人騷式的拍攝宣傳，記錄他們在島上作野外求生的實況。

　　基於天生潔癖，我是就算一日不梳洗，也會忍不下去的人，更何況是戶外露營三日？我決定當天接載樂仔帶到拍攝現場後，一切安頓好，然後就離開。他們第一晚需要行夜山，同行的攝影師拍攝樂仔整個行山過程，邊行邊訪問他的感受。當完成整個拍攝工作，拍攝片段必須交到我手上，因為我需要寫一份新聞稿給各大傳媒記者刊登。

鬼揞眼

　　記得有一晚，我在家觀看片段，其中一幕竟出現一個男人突現在鏡頭前經過，這麼大的拍攝錯失，再加上沒理由當時那麼多的工作人員在場沒一個喊停和制止的。於是我回帶看多次，依然是看到那個男的。沒看錯，「過鏡」男人依然存在，他既不是工作人員，那又是什麼人？腦海浮現的疑問越來越多，「為什麼所有人都像若無其事？他們當時看不到他嗎？」好奇心之下，我立刻聯絡當日負責拍攝的幾位同事，詢問當日的拍攝情況，當他們聽到「多了一個人」都感到愕然，並表示冇可能會有人經過而他們都懵然不知的。

到了第二天，我帶同錄影帶返回公司，跟他們一起看這個錄影片段，大家同樣看到畫面上的人在「過鏡」。這刻，公司的人都立時靜了，我們只能說是「鬼揞眼」又好，真的將「它」攝了入鏡頭都好，而最後這部份的 Beside The Scene 被剪走了。當年，我們決定將錯就錯，將這作為此曲的其中一個宣傳點。說也奇怪，樂仔推出的這張專輯成績賣得不錯，是否存在靈界朋友的幫助呢？

019 冥婚

地點：土瓜灣

　　我的母親，也跟我一樣，是靈異體質的人，但假若知道她以往的經歷，你就會明白事出有因。

　　其實從母親口中得知，在我之前，有數個「哥哥姐姐」，因她年輕時曾經墮過幾次胎。不少法科師傅都勸戒過我母親，要為這些嬰靈做法事，但她一直沒放上心。

嬰靈長大

話說某年，母親誅事不順，我們為求心安，搵廟內專做法事的阿姑幫忙。阿姑用一塊類似床單般大的白布，再把一堆白米和一隻雞蛋放在布上，然後我和母親分別握著布的四角向上拋起，那邊廂阿姑在擲聖杯，詢問它們願不願意上天，擲了頗長時間，聖杯終於示意它們肯走了，「一個肯走，

兩個肯走，三個……」我見阿姑喃喃自語，直至去到第六個不肯走，它說它要結婚。我和母親覺得有點為難，第六個要結婚的是「家姐」，我們從何處給它找個對象？後來詳細一問，「家姐」表示已經有對象。

當時我滿有疑惑，畢竟它只是個在母體內未成形的嬰兒，又如何懂得談婚論嫁？原來，它們在「下面」是會長大的，不會停留在嬰兒階段，而母親墮胎至今也幾十年，所以要求成婚亦不意外，坊間俗稱為「冥婚」。雖然「家姐」說已有對象，但我們如何找呢？數天之後，突然收到阿姑來電，她說她已為「家姐」找到這個人了，「吓？已經搵到男家？」我們感到好嗟異，因為我們連一點頭緒也沒。世事很玄妙，當我們找尋男家的同時，某家人原來也同時正在透過阿姑找尋女家。

鬼親家

經阿姑的穿針引線下，得知姓「施」的這家人，家裡的叔仔在多年前意外離世。更離奇的是，施家同樣住在土瓜灣，和我們家距離頗近。施家不時鬧鬼，就算家傭都被嚇個半死，甚至每次新來的家傭做不夠幾個月就請辭，令一家上下都感到害怕和無奈。後來，他們苦無方法，唯有去找阿姑幫忙，得知我們的「家姐」在地府認識了叔仔，且不時跑到施家現身，所以家傭看到的，正是「家姐」的靈體。不要問我為何會如此巧合，亦不要問我「家姐」為何能夠在施家自出自入，我們到現在也找不到真正答案！

的確，兩家人被兩個靈體撮合成「親家」，阿姑亦可謂做了「牽線人」，幫我們兩家主理這場婚事。當然，我們沒有做正規的結婚儀式，過門、擺酒等等都沒有做，而冥婚亦都只是一場法事，最重要是令「家姐」找到戶好人家。據知冥婚後的「家姐」成為施家新抱，為它設置了神主牌，可謂有名有姓，有人供奉，不再是無主孤魂。自從它的神主牌安放入施家後，施家終於得到平靜。雖然兩家成為親家，但自那次之後，基本上我們甚少聯絡，不相往來。

　　到現在，我們每次拜祭，都會在衣包寫上「施 xx 先生、夫人收」，當是給家姐和姐夫的心意。

陰陽配

　　冥婚又稱配骨、陰婚、鬼婚或靈婚，意指有死者參與的婚姻，古今中外都有這個習俗和儀式。冥婚可分為「死人與死人」和「死人與生人」兩種。需要進行冥婚的對象，乃訂婚後男女雙亡，希望了結他們心願，或是一些夭折嬰孩及生前未婚的人，為他們安排冥婚，好讓他們擁有主牌供奉，而過去甚至認為祖墳中有孤墳的話會影響後代昌盛和不吉利，所以要替死者舉辦冥婚。

020 家傭

地點：不詳

最近工作認識了一位靈媒朋友，她說了一個有關家傭的靈異故事，不算可怕，反而多添了一份溫情和感人。

花褲子

事件中的這家人有一個菲傭 Maggie，與嫲嫲的關係尤其融洽，但無奈地，這位家傭突然心臟病離開了人世。這家人非常傷心，更細心地為她辦理身後事。某年，一家人影新年大合照，家庭其中一位女成員突然指向剛拍下的合家照，「Maggie 喺度嘅？」其他人聽見她這麼一說，滿腦狐疑，紛紛取相看個究竟，發現照片中一家人的最角落位置，多了一條花褲子，而這條褲子正是 Maggie 過往經常穿著的。大家都覺得好奇怪，為何出現這個難以解釋的靈異影像？當家人在議論紛紛之際，嫲嫲質疑可能是為她做的白事做漏了什麼？後來經過商議之後，他們決定為這家傭做多一點事，由於家傭是信奉天主教，輾轉之下找來菲律賓的天主教幫忙，為她做禱告等儀式。

期間，發生了一段小插曲。話說當時我經這位靈媒朋友口中得知這件事，在傾談期間，我在未看過照片的底蘊之下，卻像跟「她」連繫了，竟然在腦海浮現了「花褲」的影像，「係咪花褲？」我問朋友，「係！係花褲！」朋友驚訝回答我。我很難理解當時為何會突然呈現這個影像，明明朋友從未提及過是什麼樣款的褲子，當我說罷，我的眼淚一湧而下，我忽然感到

很憂傷，我也驚訝自己有這樣不受控的異常舉動。

最後的道別

說回這家人，直至他們找當地天主教完成一些儀式之後，有晚嫲嫲竟然夢到 Maggie，夢中穿了一件白衣的 Maggie 跟她道別，然後徐徐上了一輛巴士離去，而這件事亦總算完結了。

對於這次事件，我非常同情那些飄洋過海的家傭，甚至客死異鄉，可能好多心事未了，如果好好安排她們的後事，算是功得無量，或許 Maggie 是透過夢境想向嫲嫲道謝。

021 接待處

地點：尖沙咀某唱片公司

這是若干年前，我在某大著名國際唱片公司任職，晚上在辦公室遇到的靈異經歷。

這間公司當年的辦工室位於尖沙咀北京道某大型商業大廈內，曾傳出過多宗匪夷所思的靈異事件。話説有位接待處同事，下班時把公司門口的玻璃門關上，當她在門外等待電梯的時候，回望玻璃門內空無一人，已經關燈的接待處位置，卻看見有個人坐在她的座位上，這個人從沒把頭抬起，只隱約見到黑黑的頭髮，嚇得這位接待員同事半死……。

哪來的聲音？

有一晚，我需要留在公司工作，直到大概十一時左右，我眼角隱約看到距離不遠處的一個中型文件櫃上發出聲音，「咔咔～」，彷彿聲音是來自擺放在櫃上的一個相架，感覺就似它被提起後輕輕再掉回原位的聲音，是要暗示我快點離開嗎？「原來這麼夜了，都要走了啦！熄電腦先……」於是邊説邊急急腳飛奔出門口。大聲對著空氣説話是要給自己壯膽，其實我內心不知幾驚。所以自從那次之後，每逢在公司開OT，在大門口外面等電梯時，我都不會多望辦公室一眼，為免看到不想看的東西。

022 菲林

地點：茶果嶺

　　另一個怪事，則發生在多年前某本地潮流雜誌約定的專訪外景場地——茶果嶺，而拍攝的主角乃當年唱片公司的某位女歌手。

站在窗邊的「人」

　　我記得拍攝當日尚算順利，直至某日深夜十一、二點，突然收到記者打來的電話：「JoJo，瀨嘢了，我們回去曬相，發現 Artist 後面企多了一個女人……」對方所指企多了一個人，是 Artist 身後的一棟荒廢舊屋裡，有一個人站在窗邊，我聽到記者說話口窒窒，感覺以很驚慌，應該不是跟我在開玩笑吧！我害怕得半苦笑回答：「真定假啊！」

　　當年未流行數碼相機，仍然是菲林年代，記者需要把菲林沖曬，然後透過燈箱看菲林底片。她說當攝影師用放大鏡（行內俗稱大眼雞）逐格看這些菲林時，就發覺很不對勁，他透過「大眼雞」看見舊屋內企了一個人形物體。由於底片很細，需要整個人靠近燈箱來看，所以攝影師被嚇到立刻彈開，不敢再看此格菲林。

現場拜祭

　　記者雖然未能立刻給我親身見証這張「相片」（最好不要見証），但已夠我害怕一整天。翌日，我決定如實告知女歌手這件事，她當時的第一

個反應是：「Oh！My God……」後來她告訴我偶然會看到靈體，拍照當日，她已經感覺到那裡的氛圍有點怪怪的，為求安心，拍攝之後她相約了位法科師傅一同去到現場拜祭，殊不知事隔不到數天，就收到記者拍到怪照片的消息。

其實那女歌手為求心安已事先做了拜祭，我是鬆了一口氣的，而事後那記者也沒有再提及這些菲林，我當然沒有勇氣去翻看。當年，茶果嶺的確很多舊屋，我們「出事」的那棟大樓是一座舊工廠，而且背山面海，非常荒涼，它們可能只是不小心被攝入鏡而已。

茶果嶺

　　茶果嶺，亦可稱為茶菓嶺，乃香港九龍東部觀塘區山丘，位於觀塘與油塘之間。

　　清末民初年間，茶果嶺為觀塘區的管治中心，因山上長有大量茶果樹而得名。茶果樹實為學名血桐的植物，因每次蒸茶果時需要大量血桐的樹葉，故新界居民稱血桐樹為茶果樹。

人物：

Kawaii

_活動宣傳公關

023

訪客

地點：上海三環區

這是一個我前往上海,在藝人住處所遇到的靈異遭遇。

大概十多年前,某男藝人往上海拍劇一段時間,他與我份屬好友,因此邀請我到當地探班,這三天的「邀請」,我入住他在當地、製作公司為他預備的 Apartment 裡。劇組為他租的是一個有三間套房的洋房,我除了支付機票,所有住宿飲食都由他一手包辦呢!

消失的 9

就在當我準備出發的兩天前,這位藝人打電話給我,說:「總之來到要萬事小心……因為近日我發生了些事情。」他的說話雖然令我充滿疑慮,在我再三追問之下,他說:「兩天前我在清理電話時,將按數字的膠粒掣取了出來,但當完成清潔步驟,卻不見了 "9" 那個膠粒字……」這個藝人出名潔癖,當年是使用 NOKIA 年代,電話殼是可以輕易拆出來,將內裡的按字板清理的那款。他每晚片場下班回來,都慣性把電話放在枱面上,坐下來慢慢清理電話的每個部份。但他清理好電話後,想把數字膠粒板逐粒放回原位之際,"9" 字那按鍵粒膠不見了,「我沒有離開過椅子半步,為何不見了?我甚至找了好幾天都找不到,所以你今次過來,原本想你在我家留意一下之餘,又或者拜託你在香港代為購買。不過現在也不需麻煩你了,因為我昨天剛打掃窗簾時,我竟然見到它在窗台位置……」他在電話中,不停說「明明在客廳的枱上清理電話,為什麼竟然在房裡的窗台找到它,

你說怪不怪？」聽後，我一半開玩笑一半埋怨他說：「你要我怎算，兩日後我要來，你才告訴我這事情，即是你要我留意什麼？」

　　兩日後要出發了，怎樣才令自己安心一點？於是我去找寧波車，請求他給我一張相片，然後放在一個鎖匙扣裡，務求自己若遇到什麼事都好令自己安心。兩日後，我到達當地，男藝人朋友打電話來，說：「我現在還在片場趕戲，至少也要兩小時後才完成，你自行回 Apartment 吧！」他是個很細心的人，未出發前，已經將鎖匙用快遞運送給我。言下之意，我來到之後，隨時可以入住他的住所了。

詭謠鍾馗

　　我乘坐的士到達藝人所提供地址的住處，我終於明白，為何這裡吸負能量，怪事頻頻。藝人住在上海三環區，當我下車到達這個 XX 花園，設在屋苑門口的名牌竟然是用綠色射燈照亮著。心想，用白或黃燈就見得多，哪會有人用綠燈照射？感覺就如鬼片裡的猛鬼屋苑呢！

　　我的藝人朋友住在七樓，當我開門，就已經很驚嚇，因為面對著我的就是半個人身高的鍾馗像，而屋內也放上一些佈置和供品。我反問自己：「哪有人供奉鍾馗的呢？」藝人朋友很好，過程中他不停致電給我，匯報拍劇進度，或許他亦擔心我獨自在家會否害怕。由於當時已經接近黃昏六時多，

他說大概七時就能夠趕回來，我告訴自己，就即管坐定定等他回來，這樣，應該就不會出問題的了。

我當時覺得自己的方法很周詳，於是在距離鍾馗不遠的梳化坐下來，為免屋內太靜局，於是我開了電視。當我不停轉台之際，我突然感到心寒，我幻想電視投影的屋內影像，會看到有東西坐在我身旁。

其實都只是等了個多小時而已，但我覺得時間異常漫長，後來終於等到他回來了。我們在外出吃飯前，他帶我「遊覽」這個 Apartment 以及沒人住的兩間睡房，他邊行邊跟我說：「兩間客房風格都很不同，你看看哪間你較喜歡？」第一間客房，是用白色的光管，比較刺眼，我不大喜歡。之後，再到第二間客房，是用黃燈的，燈光較之前的暖和，最後我選了第二間作為我的睡房。

衣櫃的敲門聲

我本身是個紙巾怪，即是經常用紙巾的人，所以身邊總是堆放一些已用過的紙巾。夜深，我百無聊賴地躺在床上，當我想下床去洗手間的時候，所有紙巾全部散落地上，心想：「算，唔好執算了，之後再去又要再執多次，好煩的！」不久，我突然感到張床有震動，然後聽到房內離我不遠的衣櫃傳出「咯咯」兩聲，聲音很清晰，像有人在衣櫃內敲木門的聲音。當時直

覺告訴我「莫非衣櫃內有人?」那刻我未想到太多,只覺得如果有人窩藏
在櫃內怎辦?我應不應該去打開衣櫃看好呢?當時是凌晨兩、三點,在
主人房的那位藝人朋友一早已經入睡,當刻就只有我未睡,但我沒有勇
氣去開衣櫃呢!最終我硬著頭皮蓋著被,不停唸經,在不知唸到何事之
下睡到天亮。

早上,當我醒來,我曾經聯想過衣櫃內是否有命案發生,其實藏了一
具屍體,但當然衣櫃裡什麼都沒有。由於我要在這裡住三天,到了第二晚,
我決定在房內擺陣,把帶來的佛牌和鎖匙扣都放在衣櫃的前面,但當早
上起床,怪事又出現,我發現放在前面的東西都被翻轉過來。我暗地裡
已給自己答案,「喔!明了。」這裡肯定存在一些「住客」,這兩晚發生的事,
直到我回到香港,我都沒有跟這位藝人提及過。

捉鬼天師鍾馗

鍾馗,中國神話中的神祇,專能鎮宅驅魔。其形象大多為虎背熊腰,豹
頭彪面,鷹鼻鯨口、龍額魚眼,臉上生有虯髯,充滿殺氣。在古代,他最經
典的形象通常是穿著藍袍,戴著破帽。他的畫像、銅像,相傳甚至有驅鬼
之用。

024 敲窗門

地點：台灣

　　某年跟同事們飛往台灣公幹，由於我還要趕另一份 Proposal 給客人，所以他們先行出外吃飯，而我則留在房內繼續工作。當我忙於打字的時候，聽到後面傳來「敲窗」的聲音。當時因為太趕，想盡快完成手頭上的工作，然後出去會合同事，心想「風那麼大，吹到啲樹枝咁嘈」，又繼續埋首工作。

誰在窗外

　　當完成整份 Proposal 後，心情當然輕鬆過來。我換衫之際，忽然想起剛才的「敲窗」聲，於是我走近窗前，我覺得有點怪，亦對我之前認為風大的說法重新審視。因為我住在 17 樓的房間，哪有樹木長那麼高？望出窗外，根本就沒有任何障礙物，那何來樹枝敲窗？

　　我只能用科學常理去解釋，是冷縮熱漲，導致窗門有類似的聲音。當然，都只是我給自己一個安慰的藉口，避免自己再「諗埋一面」。

兩隻眼睛

　　到了第二天，我一早起床，準備梳洗及執拾行李，準備退房及趕往機場。當我走進洗手間，便聽到外面仍在床上的女同事叫喚「Kawaii~ Kawaii~」，我問她：「什麼？」但她沒有回應我。直到我們到了機場，她說：「今早，我還睡在床上的時候，聽到有人在床邊跑來跑去的聲音，

至少來回跑了五、六趟。當她睜開眼望向四周，看到透過窗簾布的隙縫，隱約有雙眼在望著她，憑感覺是一個小朋友，但她以為我在捉弄她，刻意企在窗簾後面嚇她，所以她當時在叫我的名字，看看我的反應。明顯地，當時我正在洗手間梳洗，試問又怎會企在窗簾那裡呢？

當刻，她應刻知道自己已經看到不應看到的東西，但又怕嚇驚我，所以沒有立刻說出來。她認為房內應該存在一位「小朋友」，它應該喜歡跟人玩耍，亦令我回想入住的第一天聽到有人敲窗的聲音，也許都是它的所為。我估計它想跟人玩，但又見我在工作中，於是發出聲音來引我注意。可惜我看不見它，只能聽到它的「聲音」，亦幸好我從來看不到，否則肯定會嚇個半死。

人物：

倫

_韓娛活動宣傳公關

025 俾鬼壓

025

地點……已停刊的報館、香港某大網絡傳媒

　　在我未做韓娛公關之前，前身是一名傳媒記者，曾聽聞很多有關這行的大大少少靈異故事。

　　這是發生在若干年前某間已經停刊的大型報館裡。曾做傳媒的人都知道，報館每逢埋稿，趕頭趕命是例必之事，尤其雜誌，趕到凌晨三、四點亦當平常。當年有位記者獨自一個在報館寫稿到深夜，對著字幹尤其眼瞓，於是挨著椅子向後仰式呼呼入睡。當他半睡半醒之際，發覺自己動彈不得，同時聽到「啪啪咯咯」的撞擊聲，似是拉椅子互相碰撞的聲音，這些嘈音非常刺耳，他覺得很詭異，嘗試掙扎，最後身體終於恢復過來，他望向空蕩蕩的報館內，之前明明聽到像有很多人在拉撞椅子的位置，根本空無一人，換言之就只有他自己一個。離奇地，那些椅子真的拍得整整齊齊，只是幾十秒時間，由嘈吵變回寂靜，感覺差異實在太大，太詭異了。

　　「俾鬼壓」的主角據說是個接近二百磅的大肥仔，從來只有他砸人，沒有人可以砸他，他事後亦說沒有想過會被「東西」砸到動彈不得的呢！

經常有人的第四廁格

　　至於另一單，則是來自香港某著名網絡媒體的一件靈異事！同樣地，又是發生在凌晨埋稿的晚上。話說有個記者人有三急去廁所，他聽到廁所的第四格有怪聲，可能你會說，報館內未必只有他，可能還有其他人會

去廁所呢！就等我先來解說一下這個報館的辦公室設計，它是長方形的，基本上當晚有多少人留在公司工作理應一眼見晒。深夜時份，人已走得七七八八，記者聽到第四格有怪聲音，在當返回座位時，一直留意廁所的方向，根本沒有人出入，而據聞那個廁所總是經常聽到怪異的聲音。

人物：

TraC

_ 活動宣傳公關

026
錄影廠
026
026

026 錄影廠

地點：電視台的柴灣舊片廠

很多人說，電視台鬼話連篇，因為靈界朋友也會八卦，也喜歡湊熱鬧！曾在電視台工作的我，曾聽過錄影廠內不少的詭異故事。

幽靈梳化

以前我工作的電視台，錄影廠景設在柴灣某工廈的 19 樓，雖然在工廈裡，地方不算很大，但總算設備齊全，有 Studio 和一個很大的 Pantry，而 Pantry 裡面就放置了一張舒適的梳化和電視。每晚深夜時段，當一切拍攝工作完畢，當所有導演、PA 都離開了，基本上整個錄影廠就只有負責通宵更的保安阿叔留守。人不是鐵打的，所以去到深夜時份，他都會走到休息室內（應該說是 Pantry 比較貼切）小睡片刻。據傳這張梳化有它的「傳說」，很多同事都說這張梳化很邪門，同時亦有些具有陰陽眼的同事，聲稱曾經見過它們出現，在梳化附近徘徊。

事實上，不單止錄影廠內的 Pantry，其實連 Studio 都聽聞過不少鬼古⋯⋯這裡曾經拍過靈異節目《入屋請敲門》，偶然會邀請一些法科師傅當節目嘉賓，亦需要他們到製片室睇片做後期錄音，他們都表示 Studio 和剪片室都有靈體。

027 電視

地點：台東

另一個經歷，則發生在陪同樂隊 Dear Jane 出 Trip 的化妝師身上。話說當年他們前往台東拍攝，其中一 Part 是拍攝單車遊，隨行除了拍攝團隊，還有一個髮型師。他們的拍攝行程，分別是由台北「玩」到去台東。

當拍攝隊目到達台東一站，他們住的酒店不算偏僻，但感覺比較古舊。女化妝師和男髮型師，都各自分配一個睡房。由於化妝師必須凌晨四點一早起床，開始為藝人化妝，所以到埗後便回房休息。她住酒店有個習慣，是開著電視邊看邊睡，她坦言當她一踏入這房間，已經有種不好的預感，因為房內放了很多鏡，就連床都是對著一整塊鏡。縱然有種不自在和被窺視的感覺，基於是拍攝行程的最後一日，加上四點就要起床工作的關係，她不想太多便去睡覺了。

寧願睡 Lobby

睡到半夜，她突然發現原本一直開著的電視機關了，亦感覺房內的其中一盞燈比前昏暗，但基於要早起床工作，她惟有硬著頭皮繼續入睡。但由於內心的不安，趟在床上失眠的她，越想越覺得古怪。為了尋求真相再加上好奇心作祟，於是她走到電視機旁，檢查是否插蘇的電源問題，導致電視機關了。不過，她的好奇心並未能為她找到真正答案，她只好返回床上睡覺……這個時候，電視機無緣無故又再開啟，她心想「點好呀」，若果再聯想下去，可能會更加恐懼，結果，她一支箭跑落酒店大堂直至等天光。

人物：

Will

_ 活動宣傳公關

028 狐狸頭

地點：台北小巨蛋鄰近酒店

多年前，我跟藝人前往台灣拍MV，而我們租住的酒店位於小巨蛋附近，雖然陳設古舊，但尚算出名，而且因為交通方便，至今都吸引不少藝人及遊客訂住。

高跟鞋

雖然同行的工作人員不覺怎麼一回事，但我對該酒店的感覺就不是太好。縱使Lobby有露天光線，但燈光也不足夠，再加上酒店內的擺設及家具以松木為主，氣氛顯得格外昏暗。

我們一行八人入住，我有種渾身不自在的感覺，當中最令我不舒服的，乃正常的酒店走廊是直行，房與房是打對面的，但這間酒店的設計則相當離奇，走廊佈局如閃電形，換句話房與房之間是斜角方向，大家都看不到對方，亦即是有很多暗角位，有人埋伏的話未必知。

我們每兩個人分配一間房，四間房分佈在同一層的各個位置，事前我需要事先取房，視察一下房間及其位置，然後才將房間配給各人。當我獨自走上該層尋找房間的時候，我感到在我身後有人跟隨著，你可以認為是我過度敏感，但酒店走廊是鋪地毯的，但我卻聽到尾隨有高跟鞋踏在地板的聲音，「咯～咯～咯」我聽得非常清楚的啊！

我沒有想太多，盡快將門匙交給同行的工作人員，但後來我才知道，原來每間房的同事，都遇到奇怪的經歷。

靈異花灑

我跟髮型師分配同一間房，由於我比較「爛玩」，一出 Trip 趁有空檔，就會爭取時間出外，甚至逛到深夜才捨得返酒店，所以每晚回來都玩到很累，然後趕快沖個熱水涼上床休息。與我同房的髮型師，卻遇上怪事。話說有一晚，他在沖涼之際，突然被掛在牆上的花灑頭跌下來打中額頭，他最初以為水壓大的問題，令到花灑頭掛得不穩，不以為意的他又將跌下來的花灑頭掛到牆上，殊不知他再次被它打中，不信邪的他試了多次，情況依然沒改善。心想「明明掛得好穩陣的花灑頭，為何一下子鬆脫了？」在浴室中的他越想越怕，於是濕著身離開浴室。正當他在床邊抹身之際，突然聽到浴室再次傳來開花灑的聲音，這時他心知不妙，以三秒三速度離開房間飛奔到大堂 Lobby，直至等到其他同事回來為止。

其實這個髮型師都屬於靈異體質的人，很多次他都「中招」。同行的其他同事後來告訴我，當時那位髮型師，獨個兒呆坐 Lobby 等同事回來的樣子很慘，當晚我不在現場，但也幻想到他當時有幾驚！

我相信，每個人面對靈異事件都有不同反應，亦慶幸我在這個 Trip 中都是早出晚歸，哪有閒心留意周圍的東西？

除了這件事，另一間房的工作人員，就沒有那麼好彩……這位同事，把她的護身符放在化妝台上，但早上發現有被人移動過的跡象，但其實同房的另一位同事從來沒有碰過！

呈現的狐狸頭

至於藝人住的房間亦發生離奇事！一晚，藝人匆忙地由浴室走了出來，聲稱見到狐狸。當下女同事滿腦疑問，於是跟隨藝人走入浴室看過究竟，發現化妝鏡的下方的水蒸氣，呈現一個狐狸頭狀的物體。當時女同事告訴我，直覺不是人為畫出來的惡作劇，而是慢慢印出來的現象。她為免事情引起同房藝人不安，影響心情工作，於是為狐狸頭一事打完場，「冇～冇～邊有狐狸呀？」然後手快快將水蒸氣抹走了事。當晚，女同事為求安心，索性把帶來的佛像放在座枱橙上，但到早上，她發現佛像背向了她，房內的它像要向你暗示什麼似的。

直至幾年後，我跟朋友舊地重遊，再次入住這間酒店，我們住了七天，但奈何除了首天之外，朋友便一直未踏出過酒店房半步。他生病了，感到渾身不自在，令我對這間酒店的印象更差。

這間酒店，據知近年已經轉型，名字也改變了，裝修後的感覺光猛了許多，但到現在我都沒有再訂住。由於距離小巨蛋只有數分鐘路程，偶然仍聽到有朋友會訂住的呢！

029 鬼笑聲

地點：馬來西亞吉隆坡

　　某年，我跟同事前往馬來西亞工作，工幹性質是跟當地一位歌手藝人簽約。我們住在吉隆坡某間頗出名的酒店，且相約在附近的酒吧見面，她將她以往演出資料給我們參巧，當時對方坐在我們對面，人有三急，我趁他跟同事傾談時，便跑往洗手間。

來自另一個空間

　　我同事之後告訴我，正當這位歌手將其拍過的 MV 遞給她看時，有一個男人近距離在她的耳邊說了些不知什麼方言（嚴格來說，是怪獸聲）的

說話。她立刻望向四周,沒有人在附近,當時她心想「同事又去了洗水間,究竟是誰在說話!」感覺怪怪的,為免影響簽約事宜,她便繼續和對方傾談工事,直到我返回座位。

這次工幹,我也在酒店遇到一件令我很心寒的事,也是關於聲音的。這間酒店位於人流頗多的購物中心地段,基本上是當地人甚至遊客的熱門聚腳地標。我和同事同房,我選了在靠近牆的那張床。晚上,我躺在床上,理應我的側面是一道牆,但是我近牆的那邊耳朵竟聽到有人「嘻嘻」地笑?你可以認為那是外面傳來的笑聲,又或是房間隔聲系統不好,所以聽到鄰房的住客在笑,但當時我只有一隻耳朵聽到這聲音,就像殖入式,像一定要你聽到的感覺。我感到好心寒,雞皮疙瘩,害怕得連涼也沒沖便抱頭大睡。

同事問我究竟昨晚發生什麼事,覺得我當時行為很怪,直到我們離開了酒店之後,前往機場途中,我才敢向她講出我當晚的遭遇。

我們這行業,經常需要出 Trip 工幹,偶然會發生這些事在所難免。若在酒店遇到的,我會選擇離開了當地才跟人討論,就是害怕即時談論的話,會把它招惹過來。

030 貼紙相

地點：旺角亞皆老街某棟舊樓

這是我在旺角遇到的一次可怕經歷，這個「身影」我永遠都沒法忘記！

過膠怪女

這件發生在廿多年前，當時香港曾經非常流行影貼紙相，基本上貼紙機成行成市，總有一間在附近。當年，位於旺角亞皆老街某大型電子產品廣場（專賣賣電話）對面，曾經開了一間擁有三層高的貼紙機中心，若你是 8、90 後，應該對這間很出名的貼紙機中心會有印象。我們在讀書年代，總經常去那間大型貼紙店留連，亦因此跟店內的職員混熟，有時喜歡留下來，跟他們傾偈聊天，基本上一星期可以去那裡「蒲」三、四天。

某個深夜時份（當年旺角不夜天，商鋪很夜才關），我如常留在該店跟職員聊天，突然一位被他們喻為「怪人」的女生走進來，她之所以被稱為怪，全因她皮膚白得可怕，兼且木無表情，她向櫃枱職員遞上一張相，說：「我想過膠，我想過膠……」職員無奈地說：「不好意思，樓上過膠部已經關了，下次早點過來吧！」那個女生仍然在說「我想過膠」，當說到第三次的時候，我忍不著把她手上的相片搶過來，徐徐走上第三層的樓梯幫她過膠。

轉角消失了的人

當我正在行上三樓的樓梯時，我看到二樓樓梯轉角位，有個女人正行上去，於是本能地加快腳步上前喝止她，因為三樓同事已經休息。其實我和這個女人的距離很近，只差兩、三步就可以追上前。但當我跑到三樓的時候，我只看到一位負責職員坐在接待處等收工，所有貼紙機亦已關閉，然後我再望了三樓全層，反問自己：「人呢？」我已心知肚明，我在轉角樓梯看到的根本並不是人，我和職員互相對望了一眼，神色慌張的我，為免嚇怕對方，我將手裡需要過膠的相片快速地遞了給職員，然後叫他交回地面的那個女生便迅速離開了三樓。

DJ 的都市傳聞

事後，我把事情告訴他們，貼紙相店的職員承認這店子前身也有一些都市傳聞。7、80 年代，這裡曾經是某間著名餐廳，據聞當年港台一位資深 DJ 曾經光顧，遇過一次很可怕的經歷。話說這位 DJ 前輩用餐後走進洗手間，在鏡前塗唇膏的時候，聽到後面廁格有喊聲，好心的前輩上前敲門，但沒有反應：「小姐，有沒有事呀？」當她再次敲門的時候，門推開了，廁格內一個人也沒有。我也曾聽聞過一些老香港，5、60 年代這一帶曾經有很多妓女、偷渡客居住，他們積勞成疾，客死異鄉，靈魂留了下來。

　　這次，這個「她」的感覺很真實，像普通一個女人在我面前。如果當時三樓的職員不在，我怕我已經嚇到腳軟，甚至乎連落樓梯的勇氣及力氣都未必有。

　　現在，這座舊樓已經轉為經營其他商鋪，但當每次附近經過，回憶起這件事，我都會「打冷震」。

貼紙機

　　90年代尾至00年，各款各樣的貼紙相在香港大行其道，尤其油尖旺區，兆萬、先達……成為貼紙機擺放的熱門地帶，甚至很多地鋪紛紛變為影貼紙專門的店。當年全盛時期，每部機都擠擁少男少女影相，但至近年，貼紙機逐漸式微，但無可否認，絕對是當年不少香港人的集體回憶。

人物 :

Winnie To

_前電台公關

031 男高音

這件事，到目前為止，仍然找不到真正答案⋯⋯

90 年代，在未做電台之前，我曾經在唱片公司工作。那個年代，亦是卡拉 OK 最盛世時期，當年我在公司擔任卡拉 OK Production 的工作。我負責什麼？就是負責搵人拍片，又或者從外地買一些 Sort 回來合成做一首歌。

梁漢文〈纏綿遊戲〉

大家有沒有聽過 Edmond 梁漢文的〈纏綿遊戲〉？這首歌當年真的很 Hit 的呢！當時，我負責為這首歌做 Mixing 和字幕部份，所以我事先要聽一次原聲版本，這次，卻發生了怪事⋯⋯

大家如果對這首歌略有印象，其開頭會有一把女高音在唱德文歌「Ich liebe dich So wie du mich am abend und an morgen」，然後接著 Edmond 續唱「夜夜也沒有像這夜那麼靜，似聽見⋯⋯」晚上，我收到 Producer 送來的原裝版，基本上是沒有任何改動的版本，但我卻聽到的竟是一把來自男高音的德文歌。我感到莫明奇妙，心裡滿有疑問「點解嘅？原本不是女聲唱的嗎？」於是二話不說留言給充當 Producer 的 Jacky。我問：「是否你給我的碟是錯版來的？為何開頭唱德文變了男人？」並催促他再提交另一隻女聲版本給我，畢竟時間

緊迫，我要盡快趕好 Mixing 的工作呢！

男高音從何而來？

當刻，Jacky 並沒有立刻回覆我，我沒當一回事繼續做自己的工作。但，過了一陣子，終於收到 Jacky 打來的電話，說：「喂！其實……我想講，我們從來沒有男聲版本的。」這刻，我開始感到不大對勁：「你，唔好嚇我喎！」Jacky 認真地說：「我們手上根本沒有男聲版本的。」

現今科技發達，聲音如果稍為調快或減慢，原聲會變了怪獸或老牛聲，但以當年的技術，我聽到的好肯定不是這類的情況，我確實真真正正聽到一把正常的男高音唱德文歌。Jacky 認為根本沒有出錯的可能，於是我帶著這個 MMM 版本返公司一起核對，解開疑團，但……當我們再次聽這個 MMM 的時候，它竟然變回女高音。

收錄於梁漢文 1994 年專輯《不願一個人 》的〈纏綿遊戲〉，是一首由韓文改編而成的流行曲。原曲歌名為〈看不見的愛 (보이지 않는 사랑)〉，由創作人申昇勳包辦曲、詞、主唱，而粵語版則由林夕填詞。

Ich lie bedich
So wie du mich

032 盂蘭節

地點：商業電台

當年，雷宇揚主持雷霆 881 的靈異節目《靈幻搜奇》，為了力谷節目宣傳，於是邀請一些嘉賓到電台錄音，分享他們以往的靈異經歷。他，真的很大膽，揀了一個大日子，就是農曆 7 月 14。當時心想，「大佬，唔係咁搞呀嘛，咁爆？」我記得其中一個訪問嘉賓是 Twins。題外話，亦都好感激當年做娛記的阿旦，她好夠義氣地陪我開工到深夜。我非常清楚阿旦的為人，她性格好活潑，但當晚她的行為卻出奇地文靜，完全跟她以往性格有很大分別，大概對這節日的忌諱吧！

靈幻搜奇

說回當晚，節目是凌晨十二點開始直播，我們公關部在節目直播前 Call 定記者來採訪，實行一起迎接 7 月 14 盂蘭節。哈！最邪門的是，當記者陸陸續續到達時，天氣報告顯示為黃雨，所有記者都被這場突如其來的暴雨殺個措手不及，個個搞到全身濕透。我們見狀當然要協助記者，全公司的人都手忙腳亂，匆匆去找一些電台的宣傳 Tee 給他們替換，為免他們冷病。

我記得節目正式開 Live 時，雨勢更加誇張，變成黑雨，但當整個節目完結後，雨卻停了下來，奇怪！

恐佈的事還有下文……

當晚，我在洗水間遇上阿嬌，她眼有淚光，很可憐的樣子，身旁阿 Sa 在陪伴著，我好奇一問：「究竟發生什麼事？」阿嬌淡然回我：「冇事，沒打緊！」於是我再去追問唱片公司發生了什麼事，宣傳人員回我一句：「現在不想談論，遲些我再告訴你……」然後離開了。

擒在車頭上的人

第二天，收到宣傳人員打來的電話，交代昨晚發生的事。話說晚上阿嬌坐保姆車前往商台，當時外面下著大雨，阿嬌心諗「為什麼有咁多溪錢浮泊在路面上？」並一邊問司機一邊觀望窗外。此時，正在專心揸車的司機竟反問阿嬌：「吓？你睇到㗎？」當刻阿嬌不明白對方的意思，不停「吓？吓？」。

原來有陰陽眼的司機，誤以為阿嬌同樣有陰陽眼，所以和應了阿嬌的提問。原來司機看到的並非阿嬌所指地上的溪錢，他看到的，是一個（人）擒在車頭的擋風玻璃上。車，一直在行駛，車內突然寂靜了。其實他已見慣不怪，說完又繼續揸車。但他誤以為嬌同樣都看到，所以再補充了一句說「你是不是也講緊前面的那個人？」阿嬌開始理解司機所指不是溪錢，而是……，她嚇到喊了出來。

其實，幸好司機沒有再詳細地形容那個人形物體，我想阿嬌會更加不安。

人物：

Ming Chai

_ 唱片公司宣傳公關

033 門鎖

地點：不詳

某年，我跟隨港姐選舉拍攝外景，大部份記者安排住二人房，而我卻被分配單人套房。基本上，這個拍攝行程要去不同地方取景，我們分別轉了好幾間酒店，大致上尚算工作平安和順利。但當來到拍攝的最後一日，我們所住的酒店，終於有事情發生了。

一對腳

以往的酒店，未有電子卡的年代，房門開關全靠一條連同印有房門編號的鎖匙，正當我準備扭動門鎖之際，我眼尾隱約見到我後方企了「一對腳」，我沒有理會，趕快把行李放好，後然匆匆出外吃飯。當晚飯後各人都回房休息，準備明天的拍攝工作。我是一個喜歡關燈，甚至連窗簾也要拉得密實才能睡好的人。睡到半夜，我聽到大門門鎖有被扭動的聲音，正當我睜開眼時，扭動門鎖的聲音又突然消失了。

由於忙了一整日，明天又要一早起床趕外景拍攝，我沒理會太多便繼續睡覺，但當我閉上眼睛之際，門口又再次發出扭門聲，此舉動如是者發生好幾次，「放過我啦，我好X眼瞓，我在這裡只是睡一晚，明早便會離開返香港的了。」我心裡邊說。每次對付它們，我都會毫無保留地講粗口，但今次它沒有理會我，於是我打內線給隔離房，一個比較熟稔的記者朋友，「我可不可以去你房睡一晚？」對方聽完之

後呆了幾秒，「哦！好！你過來吧！」於是我拿著枕頭和鎖匙，跑到記者朋友的房間，二話不說便抱頭大睡。

　　到了早上，我返回自己房間，一邊執行李一邊說：「得啦，我走好了，不要再搞我。」當我說完不久，便聽到外面「咯～咯」，像有人敲窗的聲音。後來在前往機場途中，我和昨晚收留我的那位記者朋友閒聊，她笑言當時被我的怪異舉動嚇親，而我只作了個無奈表情，大概她推測我應該遇到那些東西，亦沒有再追問下去。

034 象人

地點：清水灣道往彩虹的巴士上

這是我讀中學的時候在巴士上發生的可怕事！

如果你是7、80後的話，應該對沒有冷氣的巴士絕不陌生，那些年，天時暑熱擠在巴士上，因此香港人把巴士改了另一個名叫「熱狗」，大概意識形態上完全貼合（你懂的）。

倒轉了的頭

這些巴士有個特點，是司機附近位置有個黑色膠皮鋪，乘客每次經過，都加快腳步，因為它散發著熱氣，如果稍為挨近，都會被「辣」到飛起。某天，我如常乘搭巴士返學，巴士沿著清水灣道前往彩虹方向。天氣悶熱，於是我選了近窗的位置站立，把頭依靠在扶手欄杆上，邊吹風邊望街上景物。忽然，有個倒轉的面孔在我面前跌下來，它是一個人頭，似蝙蝠倒吊一樣。最驚嚇是它與我基乎是面貼面的距離，而這張臉又闊又大，五官嚴重歪曲，但不消數秒，便消失了。

那突而其來的驚嚇，我「喔~」了一聲（向來我的性格很怪，就算好驚或是好痛，也不會大聲叫出來），這麼一聲「喔~」以及向後退的怪異舉動，令企在附近的男乘客都被嚇倒，他向我瞄了一眼，我扮若無其事繼續望街，其實我當時內心是很不安的。

一模一樣的象人

事發後的兩、三天，如常返學放學的我，不知怎的有種想去圖書館睇報紙的衝動，於是趁在學校小息時段，去了圖書館。其實，我是個甚少睇報紙的人，但今天卻有點反常。我在報紙架上取了一份報紙來看，突然看到一段新聞（已忘記是什麼類型新聞），令我立刻雞皮疙瘩，感到心寒⋯⋯大家都知道什麼是象人症（即頭部或四肢出現不對稱的畸形及腫瘤），我在報紙上看到的相片正正就是我在巴士上，把頭倒轉而跟我差不多面貼面的那個象人。為何我會在報紙上見到它？當時驚到連忙把報紙放回架上，飛奔離開了圖書館。

這次經歷，雖然都只是幾秒之間，但它的驚嚇，印象之深刻，就算直到現在，我依然歷歷在目，留有餘悸。

035 嘈音

地點：泰國

某年，我們一行四人前往泰國旅行，當地有間新落成的酒店，外觀非常吸引，縱使它遠離市區比較遠，但出於好奇嘗新的心態，便決定訂住。

樓上傳來的聲音

此行，一對夫婦朋友之外，另有一位朋友，所以我跟這位朋友同房。先來形容一下這間酒店，L字形的走廊設計，因此一出電梯，所有房間一目了然。很不好彩，我們被分配尾房位置。在上機前兩天，通宵工作的關係，我已經疲累不堪，於是乎在飛機上爭取時間補眠，就算在泰國住酒店的頭兩晚，我都睡得很好，幾乎一覺睡到天光。但反之與我同房的朋友，則埋怨深夜樓上傳來開 Party 的嘈雜聲，令她根本不能入睡。

經過一連兩晚的休養生息，我的狀態慢慢回復過來，來到第三晚，我終於聽到樓上房間發出的嘈音，例如搬移家俬、撞擊枱凳、大力踢地下的聲音……像要刻意製造聲浪的惡作劇。後來有一晚，我在街上巧遇也是來自香港的朋友，他鄉遇故知，當然份外好傾，閒談間得知他也是住在同一間酒店，巧合地，這位朋友竟然住在我的樓上一層。「你們怎搞的？到了深夜還那麼嘈？」我向他投訴。「我每晚出去飲酒飲天光，哪有時間留在酒店製造嘈音？」他回答我。我和同行朋友互望一眼，打了個眼色，説：「嘩！玩得很瘋狂啊！」然後心裡盤算，這個朋友沒必要向我們講大話，感到事情很吊詭。

俾鬼壓

　　其實當刻我知道房間是些不妥的,我亦明日就住幾天而已,故不想再胡亂猜測。當晚,我很早便入睡,向來我有趴睡的習慣,忽然之間我發現有人在摸我的手。由於我是靈異體質,算是很易中招的人,我感到一直被人騷擾不能好好入睡,已經令我感到很耐煩,後來它更離譜到趴在我的背上,正如外間所説的「俾鬼壓」,甚至乎我整個身體都不能郁動,情況就如「掌上壓」,我反抗,不斷用力向上撐,希望可以撐起身,我越來越憤怒,不斷反抗,同時亦不停講粗口:「我 x 你老母……」雖然彷似在起勢大罵,但可能就只有我自己聽到而已。我估計掙扎了廿幾秒,終於可以自己撐起來。我跟朋友是睡同一張雙人床的,當我忽然撐起身的時候,她被我突如其來的舉動嚇倒,呆了一呆……望著我,我亦因為撐得「太累」的關係,我躺了下來,很快又睡著了。

新酒店也會出事

第二天早上，我們一起吃早餐，同房朋友坦言昨晚出奇地好瞓，而跟我們同行的一對夫婦朋友，幾天以來什麼怪事都沒有遇到。我心想，或許她的丈夫殺氣夠，所以頂得著。回想年輕時，我們出 Trip 不喜帶備護身符，亦可能因此容易「中招」。

我向來都很相信我的感覺，我幾肯定這家酒店是有古怪的，經驗告訴我，不一定舊酒店才會「撞嘢」，其實新的也會出事。

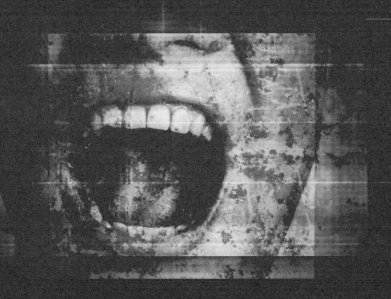

人物：

富麗

_前唱片宣傳公關

036
忠心貓

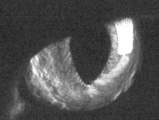

地點：不詳

除了為人解夢，我的另一個工作是動物傳心。話說早前有一位藝人帶貓咪來向我請教，她說貓咪兩、三天不吃不喝又不太郁動，主人感到非常憂心，苦無對策下，希望透過傳心尋求解救方法。

一直守護主人

當我跟貓咪傳心後，終於明白牠經常呆坐同一個位置，是因為牠看到屋內有「東西」，當然主人根本什麼都看不到。牠所有的怪異舉動，出於對主人的忠心，因為牠想守護主人，認為只要牠監視著那「東西」，它便不敢靠近主人身邊的了。為此，牠寧願不吃不喝不痾，緊守崗位。至於家中另一隻貓咪，則缺乏這個敏感度，所以一點反應都沒有，主人知道真相後，既感動又同時感到害怕。

我提議主人一個方法，就是去寺廟繞一圈，裝幾柱清香，當為自己淨身又或者護身都好。說也奇怪，當她去完寺廟，回家看到那隻貓咪漸漸回復正常，行為明顯放鬆了，恢復食痾瞓，跟其「主子」又過回以往的快樂生活。

動物傳心術

　　動物傳心是指動物傳心師跟動物進行直接或間接的溝通，當中包括面對面溝通和隔空溝通。與動物面對面溝通，是與動物直接以心靈對話。至於間接溝通，只需透過動物照片，便可聯繫該動物與牠對話。

人物：

Irene Leung

_藝人宣傳公關

037 照鏡

037 037

地點：上海

這是我一位舊同學的經歷！

某年，這位同學跟遊學團到上海做考察活動，原本是很開心的團遊，但直至晚上，她感到身體有點不適，於是沒有跟其他同學出外，便一早上床休息。睡到半夜，人有三急，睡眼惺忪的她拖著疲乏身驅走入洗手間，完事後慣性照鏡看看自己的容貌，面色蒼白的她，病容十足，推測自己明天應該不能繼續行程，慢慢地返回床上睡覺。

第二天早上，當她走入洗手間梳洗，原本照鏡的位置根本就沒有鏡，那她昨晚看到的是什麼？

鏡之都市傳說

　　從風水學上，鏡是屬陰的東西，傳聞香港 90 年代曾發生過一宗與鏡子有關的靈異案件。據說事件發生在維園，一晚一名女生途經維園，走到籃球場附近時，突然被一名男子從後拖入籃球場旁的男公廁姦殺。後來，警方成功拘捕疑兇卻苦無對證，疑犯並否認作案，當帶他到案發現場搜集證據時，突然鏡裡重現當日事發經過。從影像中，清楚看到疑犯如何行兇，在場的警方及疑犯被嚇得目瞪口呆，嚇得疑兇即場認罪，繼而鏡子突然爆裂，碎片散落滿地。傳說公園曾派工作人員把鏡子更換，但每次更換不久都會無故裂開，最終只好放棄玻璃鏡而改用不銹鋼鏡。

038 惡作劇

地點：馬來西亞吉隆坡四星級酒店

這件事我忘記是哪一年發生，大概在疫情之前吧！事緣我公司的一位藝人前往馬來西亞拍鬼片，於是我們一干同事朋友決定飛往當地，實行三日兩夜的探班之旅。我們租住當地一間頗出名的酒店，雖然只屬三、四星級，但貪其交通方便呢。我們當中的三位女生，要求住同一個房間。我記得最初酒店是給我們較低層數的房間，亦同其他同事住的房間十分相近，但由於我們原先希望三人同房，於是我們向酒店職員要求換更寬敞的房，而這件事，則發生在換房後的這間房裡。

無人入住的一層

最後，酒店安排了一間較高層數的房間給我們，換言之跟同行的其他同事朋友所住的層數距離較遠。我們這層的房間十分大，符合我們之前說要三人套房的要求，但我發現這層特別寧靜，似是沒有其他住客，只有我們入住。

說回拍鬼片的女藝人，她和拍攝團隊在當地一個專拍鬼片很出名的空屋拍攝，而我印象記得 ViuTV 早年的《入屋請敲門》亦曾經去過該處拍靈異節目。這個地方的確跟靈異完全符合，既陰深又隔涉，早已荒廢的屋內出現不少蝙蝠，每當我們冒險走上暗角樓層，牠們都會突然飛出來，令同行的朋友都被嚇到尖叫不絕。當我們探班完畢，其中一位朋友在二樓，一不小心跌腳受傷，但最令我感到不安的，卻在當晚發生。

平面人

話說一連兩晚，我們相約戲組人員一起來我們房間開 Party，因為我們的房比較寬闊，所以聚集廿多人也不成問題，氣氛非常熱鬧。

奇怪的事就在我們開 Party 期間發生……。

不知何解當晚我們經常聽到門口有人敲門，「咯～咯咯」每次當我們一開門，外面根本連人影都沒有。一晚好幾次的「咯～咯咯」，我們感到奇怪，但第一晚就此過去。

來到第二晚，我們再度在房內暢玩，依舊不時傳來敲門的聲音，又再次重覆開門沒有人的情況，「走廊咁長，其實那個人可以跑去邊？」我心裡有一萬個疑問。而後來最恐怖，是發生在其中一位朋友去洗手間的時候，我們最初作弄他，將洗手間內的燈又開又熄，為的是想嚇嚇他。突然，他在洗手間內飛奔出來，揭斯底里地大叫，他像受到很大的驚嚇似的。他告訴我們在開關燈之際，他隱約看到洗手間內多了一個人，白色、半透明、全無立體感的男人，企在浴缸的角落位置。

半夜敲門

當時房間內的人玩得盡興，正在聊天的聊天，打機的打機，有些人喝了酒更昏昏入睡，所以朋友在洗手間奪門而出一事，未有引起各人很大的關注，但我卻親眼目擊整件事，這兩天我已經心緒不寧，再加上前一晚聽到的敲門聲，酒店給我的感覺就是不太好。

綜合幾件怪事，我認為酒店是有古怪的，由於太驚，我堅持不再使用這個洗手間。玩至凌晨四、五點，部份人陸續散去，回到自己房間，我們三個女生則上床休息，但仍有幾位朋友留守繼續聊天。突然，我又再次聽到由門口傳來的敲門聲，「咯～咯咯」，躺在床上的我，不動聲音，立刻whatsapp屋內仍未睡的一位朋友，「你聽唔聽見外面有人敲門？」他回覆我「有，聽到……」然後他飛奔到門口，再次推開門，寂靜的走廊，昏暗的燈光，外面依舊一個人都沒有。究竟是誰的惡作劇？又或者，根本就不是人，而是……

後記

作者故事

走廊

筆者曾經在某間潮流雜誌工作若干年，最害怕是周六、周日又或者公眾假期回公司。當年，這間報館位於鰂魚涌、現在已被遷拆的一座舊工廈裡，基本上，假日人流少，整棟大廈顯得更冷清。至於此報館的辦公室設計，是需要通過一條長走廊才到達編採部，假若假日的話，只靠門口微弱的燈光，其實是很難走進編採部，所以，每次第一件事情要做的，就是先去把走廊燈開啟。

幸好，我從來未見過，但有陰陽眼的同事曾經告訴我，他經常見到走廊會聚集一群「人」，往往被回公司上班的同事嚇到閃避不及，四散閃入牆內。同時，他亦見到有些會企在 Pantry 裡，非常「熱鬧」。

自從聽完同事形容之後，我更加忌諱在假日回公司，但打工仔嘛，總有假日要回公司工作的可能性。每次周日回公司工作，大都是約了做專訪，需預早回去做準備。偶然我是最早回到的人，亦有時，幸運地攝影同事比我更早回來，那會好一點，代表已有人預早開燈，我不需要摸黑去開走廊燈。這次，漆黑一片，我只好硬著頭皮直衝入編採部，明顯整個辦公室漆黑一片十分寧靜，有時，靜得只聽到自己鍵盤打字的聲音，「躂～躂～躂」，我會開放音樂來聽，打破那種不安的寂靜。

而不知從何時開始，公司在走廊位置安裝了一個鐘，每當有人踏入這條走廊，感應系統就會發出「叮噹」聲音。所以，當聽到「叮～噹」，我們就

會意識到有人正由走廊回來了。平時，我們會覺得這個鐘聲很煩，因為每日公司出入的人頗多，一整日重覆地響，你會明白那種聲音代表有人，那麼會有無緣無故發出聲響嗎？

其實假日，聽到這個鐘聲的機會率相當低，除了需要工作的幾位負責同事及受訪者，基本上沒有人返來公司的！某次，我是第一個回到公司的人，那麼，先開燈，然後返回座位等候訪問工作。不知等了多久，除了由我鍵盤發出「躂～躂～躂」的打字聲，我聽到外面傳來的「叮～噹」，我知有公司同事回來了，是向編採室方向行來了嗎？

我們編採位置，一定會聽到外面走廊行路的聲音，但……我等了很久，仍未見任何動靜，更遑論腳步聲？真的沒有啊！我好奇，亦有點膽大，決定跑出外面看看，一條長長的走廊，一個人也沒，於是我跑到人事部及攝影部再看看，房內漆黑一片，顯然一個人都沒有吧！於是我又回到自己的座位，等待攝影同事回來。

甫坐下，我又突然聽到外面又「叮～噹」，又有人回來了？不！這次打死也不出外看，愈想愈覺得不正常，最好的方法是繼續留在自己的位子，whatsapp同事回來了沒，又假裝要托他買外賣回來，其實內心極度不安。究竟外面走廊感應到什麼才會發出聲響？我心知肚明，但何必「打爛沙盤問到篤」呢！

第三次「叮噹～」，我終於聽到同事講電話以及腳步聲，真的是他回來了，我心情輕鬆起來，公司終於有點「人氣」了。還是那句，當年盡可能我都不安排假日在公司工作！

誦經

其實，當年這間雜誌社，也有很多奇怪事。

其中一件，不止我，很多同事都覺得怪怪的。每逢下班時份，就會聽到佛經的聲音。「負責」同事會在她下班時擺放一部播放佛經的小型錄音機在 Pantry 內，它是不停循環 Loop 至早上。每當我們身處走廊，又或者走到 Pantry，都會聽得「心如止水」。

另外有位 Marketing 同事又是在假期回公司工作，有傳他看到遠處泊牆的影印機，出現一個黃色的紙牌人。為何說是紙牌？他形容這個「人」沒有立體感，在影印機和牆之間的兩吋位置閃過，試問兩吋又怎能容納一個人站立？況且是閃過！

之後，他怕得致電公司的人事部，據說翌日便找來法科師傅上來立刻「做嘢」。當時，我是上班時從同事口中收到「風」，才得知這件秘事。而且，可能為了不想引起恐慌，公司都低調處理，所以，也不知這件事孰真孰假。

後來事情漸漸淡化，突然有日有位同事發現（他沒有告訴我原因為何會去望自己的枱底），我們部份同事的枱底，都貼了一道紅色的三角符，又再次將靈異事情拉回來。當時我立刻彎低腰去看自己的枱底，很「好彩」地我的枱底確是貼了一道符，我是其中的「部份同事」啊！很恐佈呀，但大概沒有人敢將這道符撕走吧，直到遷出這層為止，我便告別了這道符（這張枱）。

電腦房

　　另一次，是電腦部同事的經歷，他是負責公司的維修及管理的，有時為了不影響平日報館運作，他會選擇周末或周日返公司處理電腦程式，而他必須進入某間只有他才會去的電腦中央處理房間。這房子，面積不大，擺放的只有電腦管理機件，是一間「一眼望晒」的密室。他坐下來為公司的 Server 進行檢查之際，聽到背後的牆角位置，有高跟鞋踱步的聲音，來來回回好幾次，而且步速不快。他說他當時扮作鎮定，沒可能不害怕吧！幸好，聲音來回了幾次就沒再出現，他安慰自己可能只是電流的聲音，並非腳步聲，但心知肚明兩種聲音根本不一樣，當他完成了工作，便故作鎮定步出這間房，把門鎖上然後離去。

　　我不知道每間工廈前身是什麼？但稱得上工廈，大部份都有一定歷史背景。而這間位於鰂魚涌的舊工廈，據知我們這一層昔日曾經是紡織廠，

難怪洗手間仍然保留著工人用的 Locker。至於當時發生過什麼，時間久遠根本無從稽查，「它們」存在於此亦不足為奇。

　　我在這間雜誌社工作了十數年，由某個工廈區搬到另一個更遠的工廈區，雖然，遇到很多不解的奇幻事情，有的是自己經歷，亦有的是別人的遭遇，也慶幸「眼不見為乾淨」，讓我在這裡留下不少難忘回憶。

後記

作者故事

攝影師

在畢業之後，曾經在某間港聞加娛樂的雜誌工作了一年，經歷過這一件難以解釋的怪事。

這份雜誌一共分為一、二冊，負責娛樂及消閒的攝影師阿頭是一個肥胖子，攣曲的頭髮，行路很緩慢，性格非常隨和友善，每每有突發性工作，他都不會「托手踭」，做事十分盡責，我們都非常喜歡他。

每晚，他都是最夜走的一個，甚至經常工作至凌晨一、兩點，據當時跟他熟識的同事所説，他回家後還會慣性追看足球比賽。一天，他沒有依時上班，直至中午時候，傳來同事的消息，這位肥攝影大佬出了事。話説當晚他一如以往，凌晨回家然後睇波。直至早上，母親見他遲遲未起床，於是入房叫醒他，只見他失去知覺，半昏迷狀躺在床上，似是中風的症狀，於是救護車把他送到醫院搶救。

當時，我和一位女同事曾經前往東區醫院探望他，他母親説他一直沒有清醒過來，只靠呼吸氣維持生命，我們不斷安慰她，同時在攝影大佬的床邊跟他説話和為他打氣，希望他「大步檻過」。不幸地，過了一個星期後，在上班途中，收到同事傳來的噩耗，他走了！早上，收到這個消息當然心情不會好過，當我回到公司，還未坐下之際，一位男同事走來，我以為他告訴我這個壞消息，他悄悄對我説：「有記者昨晚見到他回來公司，在擺放攝

影器材的櫃子前面徘徊。」據知看見他的那位同事，當時都覺得有點奇怪，攝影師明明仍然躺在醫院，為何出到院呢？雖然很多疑惑，由於同事趕著下班，便沒理會太多就離開了。

我們認為，這位離世的攝影大佬生前熱愛工作，亦非常有責任心，難道他晚上靈魂出竅，跑到影樓打點事務？又或者他離世後，特意要來影樓作最後的告別？

時至今日，偶然會跟同事談起工作往事，都會想起這位肥胖攝影師。或許，從好的方面去想，在病床待得太久的他選擇離去，也算一種解脫。

完！

《關人詭事 ● 靈娛檔案》

系　　　列	：	靈異 / 生活百科
作　　　者	：	歐陽有男
出 版 人	：	Raymond
責任編輯	：	AnniePang
封面設計	：	史迪
內文設計	：	史迪
出　　　版	：	火柴頭工作室有限公司 Match Media Ltd.
電　　　郵	：	info@matchmediahk.com
發　　　行	：	泛華發行代理有限公司
		九龍將軍澳工業邨駿昌街7號 2 樓
承　　　印	：	新藝域印刷製作有限公司
		香港柴灣吉勝街45號勝景工業大廈4字樓A室
出版日期	：	2024年6月初版
定　　　價	：	HK$128
ISBN	：	978-988-76942-4-3
建議上架	：	潮流文化、生活百科